Christoph von Schmid

Gottfried, der junge Einsiedler

und andere Erzählungen

Christoph von Schmid: Gottfried, der junge Einsiedler und andere Erzählungen

Neuausgabe
Herausgegeben von Karl-Maria Guth
Berlin 2017

Umschlaggestaltung von Thomas Schultz-Overhage unter Verwendung des Bildes: John Everett Millais, Die Rückkehr der Taube, 1851

Gesetzt aus der Minion Pro, 11 pt

Verlag: Henricus - Edition Deutsche Klassik GmbH
Mörchinger Str. 33, 14169 Berlin, info@henricus-verlag.de
Druck: Libri Plureos GmbH, Friedensallee 273, 22763 Hamburg

ISBN 978-3-7437-0542-5

Bibliografische Information der Deutschen Nationalbibliothek

Die Deutsche Nationalbibliothek verzeichnet diese Publikation in der Deutschen Nationalbibliografie; detaillierte bibliografische Daten sind im Internet über www.dnb.de abrufbar.

Inhalt

Gottfried, der junge Einsiedler

1. Die grüne Insel

Gottfried wurde in einem Alter von zwölf Jahren in eine schauerliche Wüste versetzt und lebte da als Einsiedler. Das scheint allerdings wunderlich und seltsam. Allein es ist der Mühe wert, die merkwürdige Geschichte, die sich schon vor mehreren hundert Jahren zugetragen hat, ausführlich zu hören.

Die Eltern Gottfrieds waren sehr gottselige und tugendhafte Leute und wohnten in einem kleinen Dorf am Meer. Sie hatten sieben Kinder, unter denen Gottfried das älteste war. Beide Eltern vereinigten ihre Kräfte, die vielen Kinder ordentlich zu ernähren und zu kleiden. Der Vater namens Philipp bestellte sein kleines Ackerfeld, seine Wiese und den Baumgarten am Haus mit so großem Fleiß, dass die Haushaltung stets reichlich mit Brot, Milch und Obst versehen war. Auch die Bienenzucht betrieb er mit Einsicht und vielem Glück. Er war ein sehr geschickter, fleißiger Korbmacher, und seine Knaben mussten ihm mit Abschälen der Weiden und dergleichen kleinen Geschäften in die Hand arbeiten. Nebenbei half er den Fischern im Dorf beim Fischen und bekam immer seinen redlichen Anteil am Fang. Die Mutter namens Margareta besorgte die Hauswirtschaft auf das beste und strickte fleißig Fischnetze, wozu die Mädchen den Hanf spinnen mussten. So fehlte es den Kindern nie an dem nötigen Lebensunterhalt. Zur wichtigsten Angelegenheit aber machten es sich die Eltern, ihre Kinder fromm und gut zu erziehen. »Eine gute Erziehung«, sagten sie öfters, »ist das beste Erbteil, das Eltern ihren Kindern hinterlassen können.«

Gottfried, der älteste Knabe, war der Liebling seiner Eltern. Er hatte einen aufgeweckten Verstand, war in allem, was er anfing, flink und geschickt, bei der Arbeit ganz ungemein fleißig und gegen alle Menschen überaus dienstfertig und gefällig. Dabei war er schlank gewachsen und schön und blühend von Angesicht. Vorzüglich gaben seine hellen Augen, die zarten Augenbrauen und seine lichtbraunen lockigen Haare ihm ein sehr feines Aussehen. Auch seine hechtgraue Schifferkleidung, eine kurze Jacke mit langen Beinkleidern bis an die Knöchel, die ihm sein Taufpate, der reiche Fischer Thomas, hatte machen lassen, stand ihm sehr gut.

Allein ein so hoffnungsvoller Knabe Gottfried war, so hatte er doch seine großen Fehler. Er war sehr eigensinnig, wollte immer recht haben, niemals zugeben, dass man ihm widersprach, und seine Eltern mussten oft Ernst anwenden, ihn zum Gehorsam zu bringen. Er wollte seine Geschwister beherrschen, ward auffahrend und zornig, wenn sie ihm nicht gehorchten, stritt mit ihnen und gab ihnen rauhe, unfreundliche Worte. Da er zuzeiten bei seinem reichen Taufpaten essen durfte, so wollte er mit der einfachen Kost an dem väterlichen Tisch nicht mehr zufrieden sein, murrte manchmal bei dem Essen und hielt es dann in seinem Unwillen kaum der Mühe wert, Gott und seinen Eltern dafür zu danken. Die Eltern ermahnten ihn, so oft sie einen Fehler an ihm bemerkten. Er weinte und versprach Besserung; allein bald fiel er wieder in die alten Fehler. Seine Eltern wurden darüber oft recht betrübt und fürchteten, er werde die schönen Hoffnungen, die sie von ihm sich machten, wohl gar noch vereiteln. Sein Taufpate, der alte Fischer, sagte aber öfter zu ihm: »Gottfried, Gottfried, gibt acht! Der liebe Gott muss dich noch in eine eigene Schule führen und dich besonders in Zucht nehmen, wenn etwas aus dir werden soll!«

Von der Anhöhe, auf der Gottfrieds väterliches Haus stand, hatte man eine unermessliche Aussicht auf das Meer. Eine kleine Insel, die man von den Fenstern der Stube aus sehen konnte, gewährte einen besonders schönen Anblick. Sie war ganz mit laubreichen Bäumen und Gebüschen von mancherlei Grün überwachsen und wurde deshalb die grüne Insel genannt. Die Insel war nicht bewohnt; der Vater fuhr jedoch von Zeit zu Zeit hinüber, um Weidenzweige zum Korbflechten zu schneiden, deren es dort eine Menge gab. Gottfried, der nunmehr stark genug war, dem Vater beim Rudern zu helfen, und ihm auch bei dem Abschneiden der Weiden gute Dienste leistete, durfte jetzt gewöhnlich mitfahren, was dem lebhaften Knaben allemal große Freude machte. Eines Abends sagte nun der Vater: »Wenn Himmel und Meer so still und ruhig bleiben wie heute abend, so fahren wir morgen früh miteinander auf die Insel.« Gottfried sprang vor Freude hoch auf und konnte vor Vergnügen über die morgige Seereise kaum schlafen.

Mit Anbruch des folgenden Tages, da der Morgenhimmel anfing sich zu röten und der helle Morgenstern bereits erbleichte, war Gottfried schon auf. Er half der Mutter sehr geschäftig, alles Nötige in das Schifflein zu bringen. Denn die Anstalten zu der kleinen Seereise waren nicht klein. Es war schon einmal geschehen, dass sich das Wetter schnell änderte und der Vater mit Gottfried drei Tage auf der Insel zubringen musste. Die Mutter versah sie daher mit einem hinreichenden Vorrat von Brot, Milch und Butter. Sie gab ihnen überdies einen Kochtopf und eine irdene Schüssel mit, damit sie im Notfall sich doch eine warme Suppe kochen könnten. Auch brachte sie noch des Vaters dichten, wollenen Mantel, damit der Vater und Gottfried, wenn sie auf der Insel über Nacht bleiben müssten, sich damit zudecken könnten.

Da alles zur Abreise in Ordnung war, holte Gottfried den neuen Strohhut, den ihm sein Taufpate Thomas am letzten Markt gekauft hatte; Martha, Gottfrieds freundliche Schwester, hatte ihm ein hübsches, grünes Band geschenkt und es mit einigen Stecknadeln auf dem Hut befestigt. Der Vater aber sprach: »Gottfried, nimm auch ein paar Körbe mit; wir werden sie nötig haben.« – »Je, wozu denn?« fragte Gottfried. »Das wirst du schon sehen«, sprach der Vater lächelnd. »Du machst es mit mir geradeso wie viele Menschen mit dem lieben Gott, die es schon vorhinein wissen möchten, warum er dieses oder jenes anordne oder geschehen lasse. Tu du, was ich dir sage, und am Ende wird es dann schon recht herauskommen.« Gottfried eilte fort und holte die Körbe.

Der Vater machte sich nun mit Gottfried auf den Weg. Mutter und Kinder begleiteten sie hinab an das Meer bis zum Schifflein und riefen ihnen noch lange nach: »Glückliche Reise und eine fröhliche Heimkehr!« Gottfried wetteiferte im Rudern mit seinem Vater so sehr, dass ihm warm wurde und er seine Jacke ausziehen musste. Sie kamen glücklich bei der Insel an und fuhren eine Strecke um sie herum, bis an einen Platz, wo es die schönsten Weiden gab und gut zu landen war. Hier stiegen sie an das Land, und der Vater knüpfte das Schifflein mit einem Strick an einen nahen Weidenbaum fest. Beide machten sich sogleich an die Arbeit. Der Vater hieb mit seinem Handbeil Weidenzweige ab und band sie mit dünnen Weidensprossen in Büschel. Gottfried machte es mit seinem kleinen Handbeil ebenso, nur band er die abgehauenen Zweige in kleinere Büschel zusammen. Hierauf trugen sie die Büschel, der Vater die größeren und Gottfried die kleineren, in das Schifflein. Der Vater freute sich, an seinem Gottfried einen so fleißigen Gehilfen zu haben. »So ist's recht!« sagte er; »Kinder müssen nach Kräften ihren Eltern helfen. Wie der Vater die schwerere Last gerne auf sich nimmt, so soll der Sohn willig die leichtere Bürde tragen.«

Nachdem sie die Weiden in das Schifflein gebracht hatten, sagte der Vater: »Nun lass uns ausruhen und unser Mittagsmahl halten! Nach der Arbeit ist die Ruhe süß, und das Essen schmeckt, wenn man sich hungrig gearbeitet hat, noch einmal so gut.« Gottfried freute sich, seinen Vater zu bedienen. Er brachte einen Krug Milch unter einen schattigen Pappelbaum am Ufer des Meeres, brockte Brot in die irdene Schüssel und goss die Milch daran. Nachdem beide, wie sie es zu Hause vor Tisch gewohnt waren, gebetet hatten, setzten sie sich auf den schönen grünen Rasen und griffen nach den blechernen Löffeln. Die süße, frische Milch schmeckte ihnen herrlich. Nachdem die Schüssel leer war, aßen sie noch Butterbrot, das ihnen ebensogut schmeckte.

Unter dem Essen erzählte der Vater, wie sein Großvater einst auf dieser Insel gewohnt habe, aber späterhin auf das feste Land hinübergezogen sei. »Er war ein sehr gottesfürchtiger, rechtschaffener Mann«, sagte der Vater. »Das Haus, das er drüben in unserem Dorf erbaute, haben wir, seine Enkel und Urenkel, noch jetzt inne.« – »Nun«, sagte Gottfried, »da hat mein seliger Urgroßvater sehr wohl daran getan, dass er sich näher zu den Menschen heranmachte. Es ist zwar sehr schön auf dieser Insel. Allein um alles in der Welt möchte ich nicht so entfernt von den Menschen hier wohnen.«

Als beide satt waren und Gott für seine Gaben gedankt hatten, sprach der Vater: »Jetzt will ich dir noch eine besondere Freude machen! Hole die Körbe aus dem Schifflein und komm mit mir!« Der Vater führte Gottfried tief in das Dickicht. Sie kamen auf einen freien grünen Platz, auf dem ein herrlicher Walnussbaum stand. Der Baum breitete sein schönes Laub weit in die blauen Lüfte aus und hing voller reifer Nüsse. Gottfried hatte über den unerwarteten Anblick eine ganz ungemeine Freude, denn da die Nüsse schon seit mehreren Jahren nicht geraten waren, so war nie die Rede von dem Baum, und Gottfried wusste nichts von ihm.

»Sieh«, sagte der Vater, »diesen Nussbaum hat dein Urgroßvater gepflanzt. Von andern Bäumen, die er pflanzte, sind wenige mehr übrig. Dort aber am Felsen stand vor uralter Zeit das Haus des braven Mannes!« Gottfried lobte seinen Urgroßvater, dass er den schönen Baum gepflanzt hatte, fing aber sogleich an, von den abgefallenen Nüssen, die im Grase umherlagen, einige aufzulesen. Er schälte die grüne Schale mit den Zähnen ab und versuchte, die braune Schale aufzubeißen, um den Kern herauszubringen. Es kostete ihn nicht wenig Mühe, und er sagte: »Vater, warum hat doch Gott den süßen Kern in zwei Schalen, eine gallbittere und eine steinharte, eingeschlossen?«

»Lieber Gottfried«, sagte der Vater, »Gott hatte dabei die weisesten Absichten. Er wollte den köstlichen Kern, aus dem ein so herrlicher Baum werden soll, in der harten Schale wohl verwahren; die bittere Schale aber hält die Mäuse und andere Nagetiere ab, die harte Schale anzunagen und den Kern zu verzehren. Noch eine andere Absicht ist zuverlässig diese: Gott wollte uns in einem Sinnbild belehren, wie wir das Bittere und Harte, das in dieser Welt über uns kommt, ansehen sollen. Wie wir diese Nüsse, trotz der bitteren und der harten Schale, nicht verachten oder wegwerfen, sondern sie wegen des süßen, nützlichen Kerns für Wohltaten Gottes erkennen; so sollen wir es auch mit den Leiden und Widerwärtigkeiten machen. Das Äußerliche daran, das wir zuerst zu verkosten haben, ist nun freilich bitter und hart; wir müssen aber fest glauben, das Innere, der süße Kern, werde am Ende zum Vorschein kommen und uns Nutzen und Segen bringen.«

Der Vater stieg nun auf den Baum und fing an, einen Ast nach dem andern zu schütteln. Gottfried sammelte voll Freude die Nüsse, die auf ihn herab regneten, in seinen Korb. Er achtete nicht darauf, dass sie ihm manchen Puff versetzten. Er lachte nur. Indes wurde ihm der Nussregen, wie er sich ausdrückte, doch zu stark, und er fand für gut, ihm ein wenig auszuweichen, ohne jedoch das Auflesen der Nüsse ganz zu unterlassen. So oft er einen Korb gefüllt hatte, eilte er damit dem Schifflein zu, schüttelte die Nüsse in dem Schifflein aus und sprang mit dem leeren Korb wieder zurück zu dem Baum, unter dem immer aufs neue eine Menge Nüsse umherlag. »Wie wird die Mutter sich freuen«, rief er zu dem Vater hinauf, »wenn wir so viele Nüsse nach Hause bringen! Und was für ein Jubel wird unter meinen Geschwistern entstehen, wenn ich ihnen so reichlich davon austeilen kann! Ich freue mich schon darauf! Es gibt doch keine größere Freude als andern Freude zu machen.«

2. Der Sturm

Während Gottfried und der Vater in dem Wäldchen so beschäftigt waren, zogen, ohne dass sie es zur Zeit noch bemerkten, schwarze Gewitterwolken auf. Gottfried war eben wieder mit einem Korb voll Nüsse in das Schifflein gestiegen, hatte den Korb ausgeleert und freute sich über den zunehmenden Haufen der Nüsse – da erhob sich plötzlich ein furchtbarer Sturmwind, beugte die Bäume am Ufer und empörte die Meereswellen. Ein gewaltiger Windstoß riss das Schifflein los und nahm es mit sich fort in das Meer.

Gottfried schrie vor Entsetzen, so laut er konnte. Der erschrockene Vater eilte an das Ufer. Da erblickte er den jammernden Knaben bereits in weiter Ferne. Das ungestüme Meer brauste hoch auf. Das kleine Schifflein schwebte bald hoch auf einer Meereswelle, bald sank es wieder zwischen die Wellen herab, dass der Vater nichts mehr davon sah; bald hob es sich wieder und schwankte so immer weiter und weiter fort. Der Vater sah den armen Knaben die Hände bald zum Himmel, bald gegen das Ufer ausstrecken; sein Jammergeschrei konnte er aber vor dem Sausen des Sturmes in den Bäumen und vor dem Getöse des Meeres nicht mehr hören. Der ganze Himmel überzog sich in wenigen Augenblicken mit finstern Wolken, und dunkle Nacht bedeckte das Meer. Gezackte Blitze, die unter entsetzlichem Krachen hoch vom Himmel in das Meer schlugen, erhellten von Zeit zu Zeit das finstere Gewölk und die dunklen Fluten. Nur beim Leuchten der Blitze sah der bestürzte Vater auf Augenblicke noch das schwankende Schifflein und die emporgestreckten Arme des unglücklichen Gottfrieds. Die weißen Hemdärmel machten sich noch in weiter Ferne sichtbar. Ein heftiger Platzregen stürzte jetzt hernieder und verschloss, gleich einem niederrauschenden Vorhang, die Aussicht auf das Meer. Der Vater sah nichts mehr von seinem lieben Gottfried und von dem Schifflein, sank trostlos unter einen Weidenbaum hin und brachte den Abend und die Nacht in tiefer Betrübnis zu.

Die Mutter und die Kinder waren indessen zu Hause in großen Ängsten. Als das Gewitter so plötzlich ausgebrochen und die grüne Insel in Regenschauer und Gewitternacht verschwunden war, rief die Mutter totenbleich ihren zitternden Kindern zu: »Oh Kinder, betet! Gott gebe, dass dieses fürchterliche Wetter euren Vater und Bruder nicht auf dem offenen Meere überfiel. Wenn das wäre, so wäre es schrecklich! Oh dann wolle Gott sich ihrer erbarmen.« Sie kniete in Mitte ihrer Kinder nieder und betete. Als das Wetter anfing, sich zu verziehen, und die grüne Insel wieder zum Vorschein kam, schauten Mutter und Kinder beständig aus dem Fenster, ob sie kein Schifflein erblickten. Sie sahen keines. Die Mutter brachte die Nacht sehr bekümmert zu und schloss fast kein Auge.

Als endlich der Morgen ganz ungemein schön und heiter anbrach, die Sonne bereits hoch am Himmel stand und das Schifflein noch immer nicht kommen wollte, ward ihr sehr bange. Es wurde Mittag und noch immer wartete sie vergebens. Ihre Angst stieg aufs höchste. Sie lief jammernd zum Fischer Thomas und klagte ihm ihre Not. Der Fischer erschrak, schüttelte den Kopf und sagte: »Das ist sehr bedenklich, dass sie noch nicht da sind! Ich will einmal hinüberfahren auf die grüne Insel und sehen, was sie treiben, dass sie so lange nicht kommen.« Er stieg mit einem Schifferknecht eilends in ein Schifflein und ruderte hinüber.

Mutter und Kinder waren indes voll banger Erwartung. Endlich sahen sie das Schifflein in der Ferne kommen. »Oh gottlob«, rief die Mutter, »Thomas kommt nicht allein mit seinem Knecht! Es sind mehr als ihrer zwei im Schiff. Nun ist alles gut!« Sie eilte mit ihren Kindern voll Freude ans Ufer. Als aber das Schifflein dem Lande näher kam, rief sie erschrocken: »Wo ist Gottfried?« Der Vater war totenbleich, blickte sie schmerzlich an und schwieg. Sein tiefer Kummer machte ihn stumm.

Nachbar Thomas sprach zur Mutter: »Gott tröste Euch in Eurem Leid! Gottfried ist in dem Meer ertrunken. Ergebt Euch in den Willen Gottes! Was Gott tut, ist immer gut! Gottfried war, obwohl er seine Fehler hatte, ein gutherziger, frommer Knabe und hat es, wie wir hoffen, jetzt im Himmel besser als wir hier auf Erden!«

Die Mutter wollte sich aber nicht trösten lassen. Ihr Jammer war unaussprechlich. Die Kinder weinten und schrien laut. Sie dachten nicht mehr an Gottfrieds Fehler, sondern nur an seine lobenswerten Eigenschaften. Der Vater, selbst innig betrübt, vermochte nicht, sie zu trösten. Eltern und Kinder fanden endlich ihre einzige Beruhigung über Gottfrieds Verlust in dem tröstlichen Gedanken: »Es war nun einmal Gottes Willen so! Gott hat ihn zu sich genommen, ihm sei er zurückgegeben. Im Himmel werden wir unsern lieben, guten Gottfried wiedersehen!«

3. Die Felseninsel

Gottfried, der von Eltern und Geschwistern als tot beweint wurde, lebte noch. Er hatte zwar auf dem tobenden Meer eine wahre Todesangst ausgestanden. Jeden Augenblick meinte er, das Schifflein, über dem die Meereswellen zusammenschlugen, werde untersinken. In seiner großen Angst hatte er ohne Aufhören die Hände zum Himmel ausgestreckt und Gott um Gnade und Erbarmung angefleht. Endlich warf der Sturm das Schifflein auf eine felsige Insel. Gottfried sprang, sobald er merkte, das Schifflein sei auf festen Grund gestoßen, eilends heraus, watete durch das schäumende Wasser vollends ans Land und erklomm, tröpfelnd von Platzregen und Meerwasser, den nächsten Felsen. Als er sich von Angst und Schrecken etwas erholt hatte und in das stürmische Meer hinausblickte, sich aber in Sicherheit sah, da fiel er auf die Knie und dankte Gott mit aufgehobenen Händen. »Du, oh Herr«, rief er, »du, dem Wind und Meer gehorchen; du, zu dem ich in meiner Todesangst um Hilfe flehte, hast mein Flehen erhört! Dir sei unendlicher Dank!«

Er blickte jetzt hinab auf sein Schifflein. Die gewaltige Meereswoge hatte es gerade zwischen zwei hohe Felsen geschleudert, die hier eine Lücke ließen. »Guter Gott!« sagte Gottfried gerührt; »der trefflichste Schiffer hätte die Öffnung zwischen den Felsen nicht genauer treffen können! Wer lenkte das Schifflein, ohne ein Ruder zu gebrauchen, so sicher hierher? Wer gab den Winden und Meereswellen sozusagen den Verstand, dass sie mich gerade hierher trieben? Wäre das Schifflein nur um einige Spannen mehr rechts oder links an das Land geworfen worden, so wäre es an den Felsen in Stücke zerschellt, und ich wäre in den gewaltigen Fluten untergegangen! Deine allmächtige Güte, deine allwaltende Vorsicht, barmherziger Gott, hat mich diesen Weg zu meiner Rettung geführt! Mein ganzes Leben will ich dir dafür danken!«

Das Gewitter fing an, sich zu verziehen. Die untergehende Sonne blickte aus zerstreuten goldenen Wolken hervor. Gottfried schaute von dem hohen Felsen hinaus in das weite Meer. Die grüne Insel mit den großen, schattigen Bäumen kam ihm so klein vor wie ein Büschchen grünes Moos, das er leicht hätte mit seinem Strohhut bedecken können. Das noch weiter entfernte Land erblickte er nur mehr an der äußersten Grenze des Himmels, wo Himmel und Meer zusammenzufließen schienen. Die höchsten Berge glichen einem niedrigen dunkelblauen Gewölbe, das der Glanz der Abendsonne da und dort beleuchtet. Von Gottfrieds väterlicher Hütte, von dem Hügel, auf dem sie stand, von den Bäumen, die sie umgaben, war nichts mehr zu sehen. »Ach du lieber Gott«, sagte Gottfried weinend, »wie unermesslich weit bin ich von meiner lieben Heimat entfernt! Diese Felsen, auf denen ich mich befinde, kann man von dem Land aus nicht einmal sehen! Ich wenigstens habe sie nie gesehen, nie etwas davon gehört! Ich hörte nur immer sagen, gegen diese Seite des Meeres hin befinde sich auf fünfzig Meilen weit kein Land. Mein Vater glaubt sicher, ich sei ertrunken. Ihn holen die Fischer, wie ich nicht zweifle, von der grünen Insel sogleich wieder ab; allein mich hier abzuholen kann ihnen gar nicht einfallen. Ich werde es schon wagen müssen, in dem kleinen Schifflein zu meinen lieben Eltern bis auf das feste Land hinüber zu fahren.«

Die stürmischen Wellen legten sich nach und nach; das Meer wurde ruhig und glich wieder einem grünen Spiegel. Die Meeresflut hatte sich zurückgezogen, und das Schifflein lag auf dem Trockenen. Gottfried kletterte von dem Felsen herab, stieg in das Schifflein – und hatte keinen geringen Schrecken. Der Boden des Schiffleins war zerborsten. Mehrere Nüsse waren hinausgerollt und lagen auf dem felsigen Grund umher. Die Seitenwände des Schiffleins hielten nur mehr so schlecht zusammen, dass sie beinahe von selbst auseinanderfielen. So mächtig hatte der Sturm das Schifflein auf den Felsengrund geworfen. »Ach Gott«, rief der bekümmerte Knabe, »das Schifflein ist nicht mehr zu gebrauchen! Auch die beiden Ruder sind verloren. Ich bin auf dieser wüsten Insel wie gefangen und eingesperrt. Ich werde mein Leben lang hier bleiben müssen und Vater und Mutter und Geschwister auf dieser Welt nicht mehr sehen!« Er stand mit gerungenen Händen in dem Schifflein; sein Angesicht war bleich von Schrecken, und reichliche Tränen flossen über seine erblassten Wangen.

Allein jetzt erschien in den schwarzen Gewitterwolken, die nur mehr die eine Seite des Himmels bedeckten, ein lieblicher Regenbogen, er spiegelte sich in dem Meer und bildete mit seinem Widerschein einen großen, herrlichen, siebenfarbigen Ring. Gottfried war von dem wunderschönen Anblick entzückt und sagte: »Oh Gott, da du in deinen Werken so freundlich bist, wie können Menschen noch traurig und verzagt sein! Der schöne Regenbogen soll mir ein liebliches Zeichen deiner Huld und Gnade sein, wie einstens dem Noah! Wie du nach Regen wieder Sonnenschein schicktest und nach Blitz und Donner den schönen Regenbogen erscheinen lässest, so schickst du nach dem Leiden wieder Freude und nach Trübsal wieder fröhliche Tage. Was du auch noch für Not und Jammer über mich senden wirst, so wirst du doch meine Traurigkeit wieder in Freude verwandeln. Du hast mich ja eben vom Tod errettet – wie solltest du nicht weiter für mich sorgen! Auf dich will ich vertrauen und wieder guten Mut fassen!«

Gottfried dachte nun vor allem darauf, seinen kleinen Vorrat von Lebensmitteln in Sicherheit zu bringen. Die Nüsse fasste er in den Korb, trug sie auf dem Kopf an eine ebene Stelle zwischen den Felsen und schüttete sie da aus. Er konnte den Korb mehrmals füllen. Die Milchkrüge waren während des Sturmes umgeworfen und zerschmettert worden. Nur ein irdener Krug, die Schüssel und der Kochtopf waren ganz geblieben. Er trug sie sorgfältig an die Stelle zwischen den Felsen. Hierauf brachte er auch die wenigen Gerätschaften dahin, die sich in dem Schifflein befanden. Er war froh, dass er nach vollbrachter Arbeit das größere und kleinere Handbeil und nach dem kleinen Mittagsmahl die Geschirre, Messer und Löffel sogleich wieder ordentlich in das Schifflein getragen hatte. Auch die Bretter des Schiffleins machte er vollends los und zog sie weiter hinein auf das Land. »Wer weiß, ob ich sie nicht brauchen kann?« dachte er; »es wäre schade, wenn das Meer, sobald es wieder höher steigt, sie hinwegschwemmte.« Er brachte auch noch die Weidenbüschel an eine sichere Stelle und arbeitete bis spät in die Nacht; der Vollmond, der Meer und Felsen erhellte, leuchtete ihm dazu.

Die Arbeit des Tages und die ausgestandenen Schrecken und Ängste hatten ihn sehr ermüdet. Es machte ihm bange, so einsam unter freiem Himmel übernachten zu müssen; er wurde aufs neue bekümmert, wie es ihm auf dieser Insel noch weiter gehen werde. Allein, er dachte: »Gott hat bisher gesorgt; er wird weiter sorgen. Und sein lieber Sohn sagte ja: Sorget nicht auf morgen!« Gottfried betete, wie er es gewohnt war, sein Abendgebet und legte sich neben seinen wenigen Habseligkeiten nieder. Es hatte auf der Insel nur wenig geregnet, und der felsige Grund war schon wieder vollkommen trocken. Er deckte sich mit dem Mantel seines Vaters zu und schlief, indem er sich noch einmal dem Schutz Gottes empfahl, getrost ein.

4. Eine Wanderung

Gottfried schlief, da er sehr müde war, die Nacht hindurch auf dem harten Felsenlager so sanft wie auf Flaumfedern. Anfangs hatte er zwar unruhige Träume. Er meinte noch immer, das Krachen des

Donners und das Brausen des Meeres zu hören und in dem Schifflein hin und her zu schwanken. Bald war es ihm, er sinke samt dem Schifflein in den tobenden Meeresfluten unter; bald kam es ihm vor, das Schifflein werde an den Felsen zerschmettert, er falle ins Wasser und bemühe sich vergebens, an den steilen Felsen emporzuklimmen. Allein gegen Morgen hatte er einen sehr lieblichen Traum. Es träumte ihm, er komme nach Hause. Seine Eltern und Geschwister waren eben im Garten; alle Bäume prangten mit frischem, grünem Laub und mit purpurroten Äpfeln und goldgelben Birnen, die so schön waren, wie er sie in seinem Leben noch nie gesehen hatte. Der Vater saß auf dem Ast eines großen Apfelbaumes, den er eben schüttelte. Die herabgefallenen Äpfel glänzten hell wie Flut in dem Gras. Mutter und Kinder sammelten sie geschäftig in zierliche Körbe und grüßten Gottfried, sobald sie ihn erblickten, mit unbeschreiblicher Freude. Der Vater stieg eilends vom Baum herab und reichte ihm liebreich die Hand. Die Mutter schenkte ihm die allerschönsten Äpfel, die in einem großen Korb hoch aufgehäuft waren.

Allein als Gottfried in seinem erfreulichen Traum eben die Hand nach einem Apfel ausstrecken wollte – erwachte er. Das Geschrei der Seevögel, die mit anbrechendem Morgen an den hohen Felsen umherflogen, hatte ihn aufgeweckt. Als er nun die Augen aufschlug und die furchtbaren Felsen erblickte, die drohend über ihn herhingen, und als er hinausschaute in das weite Meer und nichts sah als Himmel und Wasser, da schauderte ihn. Er wurde recht von Herzen betrübt und fing an, schmerzlich zu weinen.

Eine Schar von Seevögeln flog mit freudigem, lautem Geschrei dem festen Land zu. »Ach ihr lieben Vögel«, dachte Gottfried, »könnte ich euch doch Grüße an meine lieben Eltern aufgeben; könntet ihr ihnen doch die Nachricht bringen, dass ich noch lebe, aber hier von dem Meer eingeschlossen sei. Mein guter Vater und mein lieber Taufpate wagten es gewiss, so gefährlich es auch wäre, mich nach Hause zu holen.«

Indes ermannte er sich wieder, stand auf, betete mit größere Andacht als je in seinem Leben, sein Morgengebet. Er verzehrte hierauf einige Nüsse und ein Stückchen Brot zum Frühstück und beschloss dann, die Insel näher in Augenschein zu nehmen. »Vielleicht«, dachte er, »finde ich doch einige fruchtbare Bäume oder Gesträuche, von denen ich mich nähren und mein Leben fristen kann, bis mich Gott von dieser Insel erlöst. Auch scheint es mir doch möglich, dass einige Menschen hier wohnen. Sie verstehen sich gewiss auf die Schifffahrt und sind dann schon so mitleidig und führen mich zurück in meine Heimat.«

Er packte ein paar Stück Butterbrot, die er sorgfältig so zusammenlegte, dass die mit Butter bestrichene Seite nach innen kam, in sein Taschentüchlein, und tat so viele Nüsse dazu, als hineingingen. Er war so klug, um recht viele hineinzubringen und nicht so schwer zu tragen, die grünen Schalen vorher abzuschälen. Hierauf suchte er aus den gesammelten Weidenstämmen einen der stärksten aus, hieb mit dem Beil ein Stück davon ab und trat nun mit diesem seinem Reisestab und seinem Bündelein die Wanderung an.

Es war eine mühevolle, gefährliche Reise. Er musste hohe Felsen erklimmen und sich in tiefe Schluchten hinabwagen, um weiterzukommen. Die ganze Insel bestand aus ungeheuer großen, schwarzbraunen Felsenmassen, die hoch aus dem Meer emporragten und gegen die Mitte der Insel hin sich immer höher und höher erhoben. Das Herz bebte ihm bei dem schauerlichen Anblick. Mehrmals kam er in eine Felsenschlucht, aus der er keinen Ausweg fand, und musste auf dem nämlichen Wege zurückkehren. Mehrmals versuchte er, bald diesen, bald jenen Felsen zu erklimmen, fand ihn aber so steil, dass er nicht mehr höher hinauf kommen konnte und dann mit noch größerer Gefahr wieder herabklettern musste. Nirgends fand er eine menschliche Spur, auch nicht einmal die Fußstapfen eines Tieres. Vergebens spähte er nach fruchtbaren Bäumen oder Gesträuchen umher. Er sah nichts Grünes als das Moos, mit dem einige Felsen bewachsen waren. Nur hier und da entdeckte er ein kleines Gebüsch von niedrigen Tannen, die in dem felsigen Grund kümmerliche Nahrung fanden. »Ach du mein Gott«, seufzte er und blickte schmerzlich zum Himmel, »wenn ich längere Zeit in dieser schauerlichen Wildnis bleiben muss, so werde ich sicher Hungers sterben müssen!«

Indes setzte er, in der Hoffnung, dass es noch besser kommen werde, seine mühsame Wanderung fort. Die Sonne schien zwischen diesen Felsen sehr heiß. Der Schweiß floss ihm von Stirn und Schläfen, und es fing an, ihn heftig zu dürsten. Die Felsen aber waren hier wie von dem Feuer ausgebrannt, dürr und trocken. »Ach Gott«, seufzte er, »bevor mich der Hunger tötet, werde ich wohl vor Durst umkommen! Hilf mir doch, lieber Vater im Himmel!« Nachdem er noch eine Strecke gegangen war, hörte er das Murmeln einer Quelle. Er eilte hin. Die Quelle war zwar nur klein, aber das Wasser frisch und hell, wie Kristall. Er setzte sich an der Quelle nieder, um sich erst abzukühlen; dann trank er nach Herzenslust. Er aß etwas Butterbrot und einige Nüsse und trank dann wieder. Er hatte es noch nie so eingesehen, was für eine große Wohltat Gottes das Wasser sei, das man so wenig achtet, weil es in so großer Menge vorhanden ist. »Oh du lieber Gott«, sprach er, »wie gut bist du, wie danke ich dir für diesen erquickenden Trunk! Solange ich hier bin, wird es mir nicht daran fehlen; allein wie lange werde ich an Brot und Nüssen haben? Doch du, der du mich nicht verdursten ließest, wirst mich auch vor dem Hungertod zu retten wissen. Jede Hilfe von dir ist, wie meine Mutter sagt, gleichsam ein Pfand, dass du ferner helfen werdest.«

Er ging an dem Quellchen weiter hinauf und kam in ein junges, freundliches Tannenwäldchen, in dem das helle, klare Wasser aus einem Felsen hervorquoll. Der Fels erhob sich von hier aus allmählich zu einer ansehnlichen Höhe, und Gottfried musste, um den Gipfel zu erreichen, sehr lange aufwärts gehen. Endlich stand er auf der höchsten Spitze der Insel. Es wurde ihm recht schauerlich zumute, als er die ganze Insel mit allen ihren Felsenzacken und Tannengipfeln zu seinen Füßen sah und rings umher das unermessliche Meer erblickte. Was er bisher nur gefürchtet hatte, war ihm nun traurige Gewissheit. Er sah es nun mit Augen, dass er sich weit, weit vom festen Land auf einer abgelegenen wüsten Insel befinde. Da war nirgends eine menschliche Wohnung oder ein angebautes Ackerfeld. In der Tat könnte man ihn, wenn er nicht vor dem allbekannten Robinson gelebt hätte, den zweiten Robinson nennen. Ja, er war noch beklagenswerter!

Allein so einsam und verlassen er sich sah, so verlor er den Mut doch nicht. »So bin ich denn«, sprach er, »ganz allein hier, durch diese unübersehbare Menge Wasser von allen Menschen getrennt und gleichsam hierher auf diese unfruchtbare Insel verbannt. Doch ich will nicht verzagen! Gott, der mich aus dem stürmischen Meer hierher rettete, wird mich auch hier zu erhalten wissen. Da drunten unter jenen grünen Tannen bei der Quelle will ich meine Nachtherberge aufschlagen und meinen kleinen Vorrat von Lebensmitteln und meine wenigen Gerätschaften dorthin bringen. Hier aber auf diesem Felsengipfel will ich alle Tage sitzen und achthaben, ob nicht vielleicht irgendein Schiff hierherkomme und mich wieder hinüber bringe auf das feste Land.«

Die Sonne ging jetzt unter und beleuchtete das ferne Land mit ihren feurigen Strahlen. Seine heimatlichen Berge glänzten wie Gold und Purpur. Gottfried sah mit Tränen in den Augen hinüber und sagte: »Lieber Vater im Himmel, der du mich aus meiner Heimat hierher versetzt und mein kleines Schifflein trotz Sturm und Ungewitter sicher hierher geleitet hast – dir ist es ein leichtes, den Lauf des größten Meerschiffes so zu lenken, dass die Leute darauf, ohne vorher von mir zu wissen, mir zu Hilfe kommen und dass sie mich dann wieder zurückführen in mein geliebtes Vaterland. Bei dir ist ja kein Ding unmöglich. Du führest hinein in die Grube, aber auch wieder heraus. Auf dich setze ich mein ganzes Vertrauen.«

Er stieg getrost wieder von dem Felsen herab, ging in das Wäldchen, legte sich unter den dichten Ästen junger Tannen auf weiches Moos, und ein sanfter Schlaf schloss ihm die Augen.

5. Die Hungersnot

Gottfried nährte sich von dem wenigen Brot und seinen Nüssen und wartete alle Tage auf dem Felsengipfel, ob nicht ein Kaufmannsschiff oder ein Fischerschifflein sich der Insel nähere. Er sah sich fast die Augen aus – allein auf dem ganzen weiten, breiten Meer war kein Schiff zu sehen. Er fürchtete sehr, auf seiner Insel noch Hungers zu sterben. Er sah wohl ein, dass er mit seinem kleinen Vorrat von Lebensmitteln gut haushalten müsse, um damit so lange als möglich auszureichen. Er bezeichnete mit seinem Taschenmesser sein Brot mit Strichen, wieviel er täglich davon abschneiden und verzehren dürfe, um bloß dem heftigsten Hunger zu wehren. Das Stücklein, das er täglich genoss, war sehr klein und steinhart. Er musste es an der Quelle anfeuchten, um es genießen zu können. Mit größerer Aufmerksamkeit als ein Geiziger seine Goldstücke zählte er seine Nüsse und setzte eine sehr kleine Anzahl fest, die er täglich zu verzehren wagte. Um vieles Gold wäre ihm keine feil gewesen. Er aß sich nie satt. Allein Brot und Nüsse wurden doch täglich weniger. Endlich kam der Tag, an dem er den letzten Bissen Brot, die letzte Nuss aufzehren musste. Er legte sich abends sehr bekümmert nieder, und morgens darauf quälte ihn der Hunger so sehr, dass er große Schmerzen empfand und beinahe ohnmächtig wurde. »Ach du lieber Gott«, sprach er, »ich kann es nicht glauben, du werdest mich verhungern lassen! Du hast ja bisher immer liebreich für mich gesorgt. Du hast mir einen Vorrat von Lebensmitteln auf die Insel mitgegeben, ohne den ich längst verhungert wäre. Da nun Brot und Nüsse zuende sind, so wirst du mich andere Nahrungsmittel auffinden lassen. Auf dich vertraue ich; du wirst mich nicht verlassen!«

Er suchte nun überall auf der Insel umher nach Wurzeln und Kräutern, sich davon zu nähren. Allein da der Boden meistens felsig war, so entdeckte er nur weniges. Nur in der Quelle wuchs ziemlich viel Brunnenkresse. Er aß die grünen Blättchen und die saftigen Stengel begierig; er suchte alle, von dem Ursprung der Quelle an bis an das Meer, sorgfältig auf. Allein sie waren nicht nahrhaft genug, seinen Hunger zu stillen, und gingen auch bald zuende. Matt von Hunger setzte er sich auf einen Felsen am Meer und blickte hinüber zu dem festen Land. »Ach Gott«, sprach er, »wie viele deiner Wohltaten genoss ich dort, ohne ihrer zu achten, ohne dir recht von Herzen dafür zu danken! Oh dort wächst das liebe Brot wunderbar aus der Erde hervor! Dort stehen fruchtbare Bäume und beugen die beladenen Äste voll saftiger Äpfel und süßer Birnen zu uns herab, damit wir sie leichter pflücken können. Dort flossen für mich Quellen von Milch und Honig. Verzeih, dass ich dir nicht herzlicher dafür dankte! Ach, man erkennt deine Wohltaten erst recht, wenn man sie nicht mehr hat!«

Indem er so sprach, bemerkte er in dem klaren, hellen Wasser des Meeres einige Fischlein mit roten Flossen und schwarzen Augen, die lustig umherschwammen. »Ach«, dachte er, »wenn ich sie nur fangen könnte, um meinen quälenden Hunger zu stillen! Allein ich habe kein Netz, und sie mit den Händen zu haschen, ist unmöglich!« Es war dem armen, hungrigen Gottfried sehr schmerzlich, die Fischlein so nahe vor Augen zu sehen, ohne sie erreichen zu können; und eine andere Art zu fischen als mit Netzen war ihm nicht bekannt. »Lieber Gott!« sagte er, »dein lieber Sohn spricht ja, ein Vater, den sein Sohn um einen Fisch bittet, gibt ihm keine Schlange. Gib mir doch ein, wie ich dieser Fischlein habhaft werden kann, damit ich nicht verhungere.«

Jetzt kam ein Vögelein geflogen und setzte sich auf den Ast einer Tanne, die zunächst am Meer stand und sich darin spiegelte. Das Vögelein hatte ein Würmlein im Schnabel. »Lieber Vater im Himmel«, rief Gottfried, »du nährst ja den Vogel in der Luft, wie dein lieber Sohn es uns treulich versichert und wie ich es eben jetzt mit Augen sehe. Ach, lass mich armen Knaben nicht verschmachten!« Das Vöglein schlug jetzt das Würmlein, das sich lebhaft krümmte, gegen den Ast, um es zu töten, allein das Würmlein entfiel ihm in das Wasser. Die Fischlein eilten pfeilschnell und scharenweise herbei; eines derselben erhaschte das Würmchen und verschlang es.

»Ei«, dachte Gottfried, »wenn ein solches Würmlein an einem Faden angeknüpft wäre und ein Fischlein verschlänge es, so könnte ich vielleicht das Fischlein aus dem Wasser ziehen!« Sein Strohhut lag neben ihm. Gottfried zerfaserte das Band, das um den Hut gewunden war, drehte einen langen Faden zusammen, suchte ein Würmlein, knüpfte es daran und ließ es in das Wasser hinab. Allein so gar nahe wollten die Fischlein nicht herankommen. Er band nun den Faden an seinen Reisestab und ließ das Würmlein in das Wasser hinab. Sogleich schnappte ein Fischlein danach und verschlang es; allein Gottfried zog den Faden wieder leer zurück.

»Das geht nicht«, sagte er, »es sollte ein Häklein an dem Faden sein, an dem das Fischlein hängenbliebe!« Er nahm eine von den Stecknadeln, mit denen das Band an dem Strohhut befestigt war, krümmte die Nadel, die ziemlich stark war, zu einem kleinen Haken, knüpfte den Faden unter dem Stecknadelkopf fest, steckte ein Würmlein an den Haken und ließ ihn hinab in das Wasser. Sogleich kamen die Fischlein herbei, und eines derselben verschlang das Würmlein. Gottfried zog den Faden schnell empor und – oh der Freude! – ein silberhelles Fischlein zappelte daran. Er machte das Fischlein los und wiederholte den Versuch öfter. Nicht allemal gelang es. Allein er brachte doch in kurzer Zeit ein halbes Dutzend Fischlein zusammen. Wer war nun glücklicher als er! Unter den Gerätschaften des Schiffleins hatten sich Stahl, Stein und Zunder gefunden. Er sammelte dürre Äste und schürte ein Feuer an, um dann die Fischlein auf der Glut zu braten. Er konnte nun nach langem Hunger sich wieder satt essen und dankte Gott dafür auf den Knien.

Gottfried beschäftigte sich nun täglich mit dem Fischfang. Er sah von dem Felsen herab auch viele größere Fische in dem Meer schwimmen. »Ach«, rief er, »wenn ich einen solchen Fisch fangen könnte, so hätte ich auf mehrere Tage genug daran!« Er begriff wohl, dass ein solcher Fisch mit dem schwachen Werkzeug einer Stecknadel sich nicht fangen lasse. Er sann hin und her, wie er einen stärkeren Haken bekommen könne. Jetzt fiel ihm ein, dass in den Brettern des zertrümmerten Schiffleins mehrere eiserne Nägel stecken mussten. Er eilte hin, zog einen starken Nagel aus dem Brett, schliff und spitzte ihn an einem Stein zu, krümmte ihn zu einem Haken, drehte aus mehreren Fäden seines leinenen Halstuches eine starke Schnur, band den Haken daran fest, steckte einen größeren Wurm daran, und es gelang ihm nun, auch größere Fische zu fangen. Er war darüber hoch erfreut.

Allein Gottfried merkte bald, dass seiner Erfindung noch vieles fehle. Öfter hatte er einen Fisch an der Schnur schon hoch emporgezogen, und der zappelnde Fisch fiel wieder in das Wasser zurück. Gottfried sann lange nach, woher dieses komme. Er war von Kindheit auf sehr wissbegierig und auf alles aufmerksam gewesen. Da fiel ihm nun ein, dass er einst bei einem Jäger einige Pfeile gesehen, womit man damals zu schießen pflegte, und dass er den Jäger gefragt habe, wozu die zwei Widerhaken daran dienten. Der Jäger hatte ihm gesagt, sie dienten dazu, dass der Pfeil in der Wunde fest hafte und nicht mehr herausfalle.

Gottfried versuchte nun, aus einem der stärksten Nägel einen Widerhaken zu verfertigen; seine zwei Beile und sein Messer mussten ihm dabei zu Hammer, Amboss und Meißel dienen. Mit unsäglicher Mühe und Arbeit brachte er endlich einen Haken zustande, der wenigstens mit einem Widerhaken versehen war. Er angelte damit, und zu seiner großen Freude geschah es selten mehr, dass ein gefangener Fisch in das Wasser zurückfiel.

Indessen gab es an seiner Erfindung immer noch etwas zu verbessern. Es war dem kleinen Fischer sehr beschwerlich, den Stab immer in gleicher Höhe emporzuhalten und scharf aufzumerken, ob ein Fisch anbeiße, um ihn schnell genug herauszuziehen. Da verwickelte sich einst ein Zweiglein, das im Wasser schwamm, in die Angelschnur. Gottfried bemerkte, dass er nun seinen Stab wohl nicht mehr so in gleicher Höhe zu halten brauche; denn wenn er die Schnur auch nachließ, so hinderte das Zweiglein, dass der Haken auf den Grund sank. Auch nahm er bald wahr, das Zweiglein zeige es, auch bei trübem Wasser, augenblicklich an, wenn ein Fisch den Wurm berühre, um ihn zu verschlingen; und Gottfried konnte den Fisch nun gerade im rechten Augenblick herausziehen. Anstatt des Zweigleins befestigte er ein Stücklein Holz an der Schnur. Nun war dem guten Gottfried sein Fischfang sehr erleichtert, und er hielt seine Erfindung für vollständig. Er meinte, sie sei ganz neu; er wusste nicht, dass sie schon in den ältesten Zeiten bekannt war und dass man diese Art zu fischen Angeln nenne. Indes hatte doch auch er die Erfindung gemacht, und sie freute ihn unbeschreiblich. Er dankte Gott, der dem Menschen Verstand gab, so nützliche Dinge zu erfinden.

Gottfried kam indes noch einmal in große Not und musste einige Tage bittern Hunger leiden. Das Meer war so stürmisch, dass er nicht angeln konnte. Die Meereswellen schlugen mit donnerndem Getöse so hoch empor, dass er es gar nicht wagte, dem Ufer näherzukommen. Er sah nach, wie er sich künftig vor Mangel an Nahrung sicher stellen könne, und kam auf den Gedanken, eine Fischgrube anzulegen. Er fand nicht weit von der Quelle eine ziemlich geräumige Vertiefung in dem felsigen Grund. Er leitete die Quelle hinein, und die Grube füllte sich bald mit klarem Wasser. Hier bewahrte er nun seine gefangenen Fische auf und hatte nun immer hinreichenden Vorrat. Jetzt erst war er aller Nahrungssorgen überhoben. »Oh wie froh ich bin«, sagte er, »dass ich das Hungersterben nicht mehr fürchten darf! Wie danke ich dir, lieber Gott! Nun will ich gerne auf meiner Insel aushalten, solange es dein heiliger Wille ist. Zu rechter Zeit wirst du mich schon aus meiner Gefangenschaft erlösen!«

6. Die Felsenhöhle

Da nun Gottfried nicht mehr von Hunger und Nahrungssorgen gequält war, so regte sich die Sehnsucht nach Eltern und Geschwistern wieder mächtig in seinem Herzen. Er schaute täglich, ja fast stündlich nach allen Weltgegenden, ob sich noch kein Schiff sehen lasse.

Eines Morgens, da er wieder die Felsenspitze bestieg, erblickte er plötzlich ein großes Schiff! Es war kaum eine Meile weit entfernt, und die ausgespannten Segel waren von den goldenen Strahlen der Morgensonne rötlich beleuchtet. Ein Freudenschauer überfiel den guten Gottfried. Er zitterte vor Furcht und Hoffnung. Unverwandt blickte er nach dem Schiff, das seinen Lauf geradezu auf die Insel zu richten schien. Es kam immer näher. Gottfried holte eilends eine rote Stange von Tannenholz, die er schon in Bereitschaft hatte, befestigte sein rotgefärbtes Taschentuch oben daran und schwang nun, auf dem Felsengipfel stehend, die rote Fahne hin und her, um dem Schiff ein Zeichen zu geben. Allein, ehe das Schiff so nahe gekommen war, dass es dieses Zeichen bemerken konnte, änderte es auf einmal seinen Lauf und segelte in weiter Entfernung an der Insel vorbei. Gottfried folgte mit seinen Blicken dem Schiff, bis es an der äußersten Grenze des Himmels aus seinen Augen verschwunden war, und sank dann trostlos und tiefbetrübt auf dem Felsen nieder!

Er weinte lange schmerzlich! Doch kamen ihm jetzt die Worte zu Sinn, die sein Vater einmal bei einer vereitelten Hoffnung gesagt hatte: »Oft scheint uns im Unglück die Hilfe Gottes sehr nahe und verschwindet wieder. Allein wir müssen deshalb nicht verzagen. Das ist nur eine Prüfung, durch die uns Gott im Vertrauen auf ihn und in der Geduld bewähren machen will. Er wird dann später und um so herrlicher helfen. Ja, wenn er uns auch in unserem Elend umkommen ließe, so dürfen wir in dem Glauben an seine weise Vaterliebe doch nicht wanken. Denn alles, was Gott über uns schickt, ist zu unserer Seligkeit, wenn nicht in diesem, so doch in jenem Leben.« Mit diesen Worten seines Vaters tröstete sich Gottfried und fasste wieder Mut.

Indes gab er die Hoffnung nicht auf, es werde wohl noch ein anderes Schiff der Insel näherkommen und ihn mit sich nehmen. Allein nunmehr wurde die Jahreszeit immer rauher. Der Spätherbst stellte sich mit heftigen Regengüssen ein; es regnete Tag und Nacht in einem fort. Die dichten Tannenäste, unter denen Gottfried sein Nachtlager aufgeschlagen hatte, gewährten ihm keinen Schutz mehr. Er lag da wie unter der Dachtraufe; der Boden war überall so durchnässt, dass in dem Wäldchen nirgends mehr ein trockenes Plätzchen zu finden war. Der lange andauernde Regen nahm nun wohl ein Ende. Allein der Winter rückte immer näher. Kalte Winde wehten, und das Tannenwäldchen war nicht dicht genug, sie abzuhalten. Den armen Gottfried fror es nachts so stark, dass er vor Frost fast zitterte. »Ach du mein Gott«, sagte er eines Morgens fast erstarrt, »wie wird es mir erst gehen, wenn es ganz Winter ist? Wenn ich dann in dem luftigen Wäldchen auf dem gefrorenen Boden schlafen muss, so werde ich gewiss erfrieren. Du lieber Gott, lass mich doch ein Plätzchen finden, wo ich vor Frost und Nässe sicher bin!«

Er machte sich auf, ein solches Plätzchen zu suchen. Zwischen dem höchsten Felsen der Insel, auf dessen Gipfel Gottfried täglich stieg, und zwischen einem andern Felsen, der fast ebenso hoch war, lag ein kleines, grünes Tälchen. Gottfried hatte es von dem Felsengipfel aus oft mit Vergnügen betrachtet, allein vergebens einen Eingang dazu gesucht. Von einem der steilen Felsen, die es umgaben, hinunterzuklettern, war unmöglich. Er versuchte daher, irgendeinen andern Weg dahin auszuspähen. Endlich bemerkte er, nur einige hundert Schritte von dem Ursprung der Quelle, einen Felsen, der von oben herab gleichsam entzweigespalten war. Er kletterte zu der Spalte hinauf und kam durch die Öffnung glücklich in das schmale Felsental. In einem der Felsen erblickte er eine Höhle, deren enger Eingang von ein paar alten Tannen beschattet war. Er ging in das ziemlich geräumige Gewölbe hinein und rief voll Freude: »Diese Höhle ist ganz wie für mich geschaffen. Hier kann ich mich leicht vor Regen und kalten Winden sichern. Du sorgst doch für alles, lieber Vater im Himmel! Du hast mich, solange ich hier bin, mit Nahrung versehen; du ließest mich eine Quelle finden, meinen Durst zu stillen, und nun verschaffst du mir noch eine schützende Wohnung für den Winter. So hart du mich prüfst, so erkenne ich doch, selbst in dieser Prüfung, deine zärtliche Vaterliebe. Ich kann dir nicht genug dafür danken!«

Gottfried war nun sehr geschäftig, sich reichliches Moos zu sammeln und es an der Sonne zu trocknen. Denn so kalt die Nächte waren, so schien den Tag über die Sonne doch sehr warm. Er trug das getrocknete Moos abends in die Höhle und schlief in dieser seiner neuen Wohnung auf dem weichen Mooslager sogleich die erste Nacht sehr gut.

Gottfried richtete nun seine einsiedlerische Hauswirtschaft so gut als möglich ein. Er brachte seinen Wasserkrug, seinen Kochtopf und seine Schüssel und was er sonst noch hatte, hierher. Vor allem war er auf den nahen Winter bedacht. Er schichtete alles Holz, das er bereits gefällt hatte, zunächst einer Felsenwand auf und fällte noch mehreres dazu. Er versuchte, in der Höhle Feuer aufzuschüren; allein er musste vor Rauch beinahe ersticken. Er sann nun darauf, den Eingang der Höhle wenigstens gegen das Eindringen kalter Winde zu verwahren. Er flocht aus Stäben und Zweigen von den noch vorhandenen Weiden eine Art Tür. Zwei Tannenstämme, die er dicht an dem Eingang der Höhle in dem Boden befestigte, dienten zum Türgerüst. Anstatt der eisernen Türbänder drehte er Bänder aus zähen Tannenzweigen, und die leichte Tür ließ sich nun ohne Mühe öffnen und zumachen. Alle Zwischenräume der aus Weiden geflochtenen Tür verstopfte er mit Moos. Nur eine ganz kleine Öffnung hatte er in der Tür angebracht, um die Tageshelle zu sehen. Nunmehr war es ihm die Nacht hindurch in der Höhle warm genug. Zum Feuerherd wählte er einen trockenen Platz unter einem überhängenden Felsen in einer Ecke des Tälchens. Hier bewahrte er immer Glut unter der Asche, um mit Hilfe dürrer Reiser, so oft er es nötig hatte, ein lustiges Feuer aufzuschüren, bei dem er nicht nur seine Fische braten oder sie in dem Topf sieden, sondern auch sich wärmen konnte. Denn nur im Notfall wollte er mit Stahl und Eisen neues Feuer schlagen.

Der Winter stellte sich nunmehr ein, er war jedoch nie so kalt wie in unserm Land. Als Gottfried eines Morgens aus seiner Höhle trat, hatte es die Nacht hindurch geschneit. Ein andermal waren Felsen und Bäume mit weißem Duft bereift. Es kam dem armen Gottfried sehr gut, sich an dem wohltätigen Feuer wärmen zu können, und er dankte Gott recht von Herzen für diese Wohltat.

Wenn nun Gottfried in den langen Winterabenden so einsam bei den lodernden Flammen saß, der Rauch zu dem gestirnten Himmel emporwallte und die bereiften Felsen und Tannen im Glanz des Feuers schimmerten – aber kalt und gefühllos dastanden, so sehnte er sich wohl recht herzlich an den väterlichen Feuerherd zurück. Er dachte mit Tränen in den Augen daran, wie er ehemals dort bei seinen lieben Eltern und Geschwistern so vergnügt gewesen, wie der Vater beim Korbmachen kleine Geschichten erzählte, die Geschwister umher saßen und Hanf spannen und die liebreiche Mutter Netze strickte und gar oft Nüsse oder gebratene Äpfel austeilte. »Einen Finger aus meiner Hand gäbe ich darum«, sagte er öfter, »wenn ich nur eine Stunde dort sein könnte!«

Gottfried nahm den Winter hindurch noch eine Menge Arbeiten vor. Mit vieler Mühe verfertigte er aus den Brettern des gescheiterten Schiffleins einen Tisch und eine Bank, befestigte sie an einer Felsenwand und errichtete ein Bretterdach darüber, damit er auch an Regentagen draußen vor der dunklen Höhle im Trockenen sitzen, Angelschnüre drehen, Angelhaken zuschleifen, Fische abschuppen und andere derartige Geschäfte vornehmen oder auch seine Mahlzeit verzehren könne. Den grünen Platz vor der Höhle ebnete er schön ab und klaubte oder wälzte die herumliegenden Steine hinweg. Den Weg zur Quelle machte er gangbarer und brachte an ein paar steilen, gefährlichen Stellen kleine Staffeln an.

Endlich ward es wieder Frühling. Die Möwen und ähnliche Seevögel nisteten in dem Schilf am Gestade des Meeres und an den nahen Felsen, und es gelang ihm, sich hier und da einige Eier aus ihren Nestern zu holen. Diese Eier waren dann für ihn eine seltene festliche Mahlzeit, weil sie nicht nur gut schmeckten, sondern auch grünlich, gelblich oder bläulich gefärbt waren und ihn an das Osterfest erinnerten, das in diese Zeit fiel. Die Brunnenkresse und die zarten Blättchen der Kettenblume dienten ihm zum Salat; die Wurzeln dieser Blume auch zur Speise. Das Meersalz, das er an den felsigen Ufern sammelte, kam ihm sehr gut zustatten, seine gebratenen Fische und hartgesottenen Eier schmackhafter zu machen. Seine einfache Kost schlug ihm auch sehr gut an; er ward dabei immer stärker und größer. »Oh wie wenig braucht der Mensch«, sagte er oft, »um sein Leben zu erhalten und frisch und gesund zu bleiben.«

Die Stunden, in denen er nicht fischte, kochte, Holz fällte und ähnliche Arbeiten verrichtete, brachte er damit zu, aus den Muscheln, die das Meer zuzeiten auswarf, Perlen auszulesen. Da sonst kein Mensch hierher kam, sie aufzusuchen, so fand er viele, und darunter manche von seltener Schönheit. Auch sammelte er an den Felsen des Meeres Korallen. Er flocht aus Binsen niedliche Körbchen mit scharf anschließendem Deckel, in denen er die Perlen und Korallen aufbewahrte. »Ich hoffe«, sagte er, »Gott werde mich das Angesicht meiner lieben Eltern noch einmal sehen lassen. Dann bringe ich ihnen doch einen kleinen Schatz mit nach Hause. Sie können dann für ihr herannahendes Alter sich manche Erquickung verschaffen und meine Geschwister einmal gut versorgen. Ach, die guten Eltern haben so viel an mir getan, und ich kann es ihnen nicht vergelten! Wie gern hälfe ich ihnen, da ich bereits ziemlich groß und stark bin, bei ihrer vielen Arbeit, wenn ich nicht so weit von ihnen entfernt wäre! Allein indem ich hier Perlen und Korallen für sie sammle, bin ich ihnen vielleicht doch nützlich und arbeite für sie. Und für ein Kind, das nicht ganz ohne alles kindliche Gefühl ist, gibt es keine angenehmere Beschäftigung, als für die geliebten Eltern zu arbeiten.«

7. Der Freund in der Einsamkeit

Gottfried lebte auf seiner Felseninsel so zufrieden und vergnügt als ein munterer, lebhafter Knabe es in der tiefsten Einsamkeit nur immer sein kann. Unter beständiger Beschäftigung wurde ihm die Zeit nie lang. Nur wenn trübe Regentage ihn nötigten, unter seinem Bretterdach zu sitzen, oder wenn heftige Stürme, Frost und Kälte ihn gar zwangen, sich in seiner Höhle einzuschließen, da seufzte er öfter:

»Ach, gar niemand zu haben, mit dem man reden könnte, ist doch recht hart! Oh wie glücklich war ich, da ich noch zu Hause bei meinen lieben Eltern war.« Er dachte den Tag über an sie und träumte nachts von ihnen. Einmal kam ihm sein Vater wieder besonders lebhaft im Traum vor, er blickte ihn, mit freundlichem Lächeln in dem ehrwürdigen Angesicht, an, nannte ihn seinen lieben Gottfried, rief ihn unbeschreiblich liebreich zu sich und streckte ihm die offenen Arme entgegen. Gottfried erwachte und fing, als er sich in seiner Höhle allein sah, so herzlich zu weinen an, dass ihm die hellen Tränen reichlich über die Wangen flossen. »Oh, der gute Vater«, sprach er, »wie lieb hatte er mich, da ich noch bei ihm war! Wie freundlich redete er mit mir, und wieviel Gutes erwies er mir! Und wie traurig ist es, dass er nun so weit von mir entfernt ist und dass ich sein Angesicht nicht mehr sehe, und auch er mich mit keinem Auge mehr sieht! Ach, er weiß nicht einmal, dass ich noch lebe!«

»Doch«, sprach Gottfried jetzt mit einem frommen Blick zum Himmel, »ich habe ja noch einen andern Vater, dich, du lieber Vater im Himmel! Ich kann dich zwar jetzt noch so wenig sehen, als ich jetzt das Angesicht meines Vaters auf Erden sehen kann. Aber ich weiß doch, dass du da droben bist in dem Himmel, ja, dass du mir auch hier auf Erden nahe bist! Du liebst mich unendlich mehr als mein Vater auf Erden mich lieben kann. Du siehst mich und weißt alle meine Gedanken. Mein Vater auf Erden hört mich nicht, und ich kann jetzt nicht mit ihm reden; aber du hörst alle meine Worte; mit dir kann ich jeden Augenblick reden. Du redest zwar nicht mit mir, wie Menschen mit Menschen reden; allein du gibst mir gute Gedanken ein; du sendest mir Trost und Freude in das Herz. Du gibst mir deine Liebe durch deine Gaben, durch deine väterlichen Schickungen zu erkennen. Oh wie liebreich hast du schon auf dieser Insel für mich gesorgt! Und gewiss hast du mich nur aus den weisesten, liebevollsten Absichten hierher geführt! Wie glücklich bin ich, dass ich dich erkenne! Wie unglücklich, wie strafbar wäre ich, wenn ich deiner je vergessen könnte! Wie ich hier auf dieser fremden Insel stets an meinen Vater auf Erden denke, so will ich auch deiner stets gedenken, liebster Vater im Himmel. Oh wie selig ist der Mensch, der dich erkennt, dich liebt, sein Vertrauen auf dich setzt! Er ist nirgends allein; überall ist ein Freund mit ihm, an den er sich in allen Nöten wenden kann. Ja bei dir, liebster Vater im Himmel, finde ich immer die sicherste Zuflucht, den einzigen Trost, die beste Hilfe. Und wie ich meinen Vater auf Erden noch einmal von Angesicht zu sehen hoffe, so wird auch der selige Augenblick kommen, wo ich dein Angesicht sehen werde.«

Gottfried betete täglich sein Morgen- und Abendgebet mit großer Andacht; ebenso betete er vor und nach seiner einsamen Mahlzeit. Er dankte Gott für jede seiner Gaben. Da er in seiner tiefen Einsamkeit durch nichts zerstreut wurde und nur wenige Gegenstände um sich sah, so betrachtete er diese mit desto größerer Aufmerksamkeit und lernte Gott in seinen Werken immer mehr erkennen.

Oft ging er auf die höchste Felsenspitze, um die Sonne aufgehen zu sehen. Wenn nun Himmel und Meer immer röter und heller glühten, die Wolken zu brennen schienen und endlich die Sonne als eine große feurige Kugel heraufkam, so erfüllten Andacht und Anbetung sein ganzes Herz. Er sank dann auf die Knie nieder und betete denjenigen an, der dieses Wunderwerk hervorgebracht hat. Wenn man den frommen Knaben so hätte abmalen können, wie er auf dem Felsen kniete und die rötlichen Strahlen der aufgehenden Sonne sein Angesicht und seine Hände beleuchteten, es hätte ein schönes Gemälde gegeben! Ebenso betete er sein Abendgebet am liebsten, wenn er die untergehende Sonne betrachtete. »Du, oh Vater im Himmel, bist es ja«, sprach er, »der sie aufgehen und untergehen lässt, damit sie den Menschen, deinen Kindern, leuchte, und allem, was lebt, grünt und blüht, Wärme, Wachstum und Gedeihen gebe.«

Auch den sanften, freundlichen Mond betrachtete er oft mit frommer Freude und ergötzte sich sehr an seinem regelmäßigen Abnehmen und Zunehmen, das er früherhin nicht so genau bemerkt hatte. »Oh, wie liebreich und mild muss derjenige sein«, sprach er, »der ihn den Menschen nach vollbrachtem heißem Tagewerk so mild und sanft leuchten lässt!«

In hellen mondlosen Nächten freute er sich der unzähligen funkelnden Sterne. Er stieg oft auf seine Felsenspitze, um den Sternenhimmel ganz zu überschauen. Erst jetzt, da er mehr darauf achtete, nahm er wahr, dass einige Sterne auf und unter gingen, und einen so weiten

Weg um den Himmel machten wie die Sonne; dass andere aber kleinere Kreise durchliefen, ohne je unterzugehen; ja, dass sich das ganze Sternengewölbe um einen Stern, der nie von der Stelle kam, zu drehen schien. Er bemerkte, dass die Sterne täglich etwas früher aufgingen, dass von Monat zu Monat immer neue Gestirne, die er noch nie hatte aufgehen sehen, zum Vorschein kamen, bis endlich nach Verlauf eines Jahres wieder die nämlichen aufgingen. Auch bemerkte er, wiewohl er noch nie von Fixsternen und Planeten gehört hatte, dass fast alle Sterne immer sich gleich weit voneinander hielten; dass jedoch einige wenige von ihnen ihren eigenen Weg durch den Himmel machten und bei anderen Sternen vorbeiwanderten; dass der hellste und schönste aller Sterne sich nur am Morgen- und Abendhimmel sehen lasse und zuzeiten so lebhaft glänze, dass Felsen und Bäume einen sichtbaren Schatten werfen. Alles dieses machte ihm große Freude. Ja, wenn so eine recht schöne, sternhelle Nacht war, besonders im Winter, da gerade die schönsten Gestirne am Himmel stehen, so konnte er den überall funkelnden gestirnten Himmel nie ohne einen heiligen Schauer der Ehrfurcht ansehen. »Es ist doch wahr«, rief er, »die Himmel erzählen von der Herrlichkeit Gottes, und das Firmament verkündet die Werke seiner Hand.«

Aber auch die Werke Gottes auf Erden, soviel davon auf der unfruchtbaren Felseninsel zu sehen war, erregten fromme Empfindungen in ihm und erweckten ihn zur Andacht. »Wie dort oben der blaue Himmel mit Sternen geschmückt ist«, sprach er eines Tages im Frühling, »so ist der grüne Rasen hier vor meiner Höhle mit schönen, goldgelben Blumen geziert, deren zarte Blättchen sich wie Strahlen ausbreiten.« Gottfried hatte in seiner Kindheit mit seinen Gespielen aus den Stielen solcher Blumen öfter Ketten gemacht; auch die wollenen Kugeln, die nach dem Abblühen der Blumen entstehen, mit kindlicher Lust auseinandergeblasen und sich der umherfliegenden Flocken gefreut. Jetzt aber sah er sie ganz anders an! »Auch in diesen wenig geachteten Blumen«, sagte er, »zeigt sich die Weisheit und Güte Gottes. Jede dieser Federflocken trägt unten ein kleines Samenkörnlein; jedes Samenkörnlein ist gleichsam ein Schifflein mit Segeln, deren viele von dem festen Land durch die Luft hierher segelten. Da der Wind diese Samenkörnlein gar so leicht fortführt, so geschieht es, dass auch dort oben an den Felsenwänden solche Blumen wachsen. So wurden, lange bevor ich hierher kam, fast überall Blumen angesät, deren Kräuter und Wurzeln mir Nahrung gewähren.«

Die Tannen, die einzigen Bäume, die es auf seiner Insel gab, waren ihm sehr liebe Bäume. »Wenn diese Bäume mir nicht Holz lieferten«, sagte er, »so stünde es um meine Küche sehr schlecht, und ich würde den kalten Winter kaum überleben.« Er betrachtete die glänzend braunen, zierlich geschuppten Tannenfrüchte, mit denen er ehemals als ein kleiner Knabe gespielt hatte, sehr aufmerksam; er löste die Schuppen mit seinem Messer ab und entdeckte nun, dass unter jeder Schuppe sich zwei geflügelte Samenkörnlein befanden. »Auch diese Samenkörnlein«, sprach er, »sind vom festen Land herübergeflogen; diese Tannen auf den Felsen umher sind auf ähnliche Art wie jene gelben Blumen gepflanzt worden. Wie könnte sonst der Samen so hoch hinauf gekommen sein auf die Spitzen dieser Felsen! Die Wurzeln der Tannen sind auch recht dazu geschaffen, sich an den harten Felsen festzuklammern. Sie kriechen manchmal weit umher und suchen, als hätten sie Verstand, überall an den glatten Felsenwänden, bis sie eine Ritze oder Spalte finden, worin sie sich einbohren können. Die Stämme der Tannen wachsen schlank und gerade wie Kerzen empor und sind so biegsam, dass sie im Sturm nur hin und her schwanken, aber nicht leicht brechen. Geradeso wie es sein müsste, damit sie in solcher Höhe aushalten können. Ihre Äste und Zweige bleiben auch im Winter grün und gewähren, wenn alle anderen Bäume kahl sind, manchem armen Vögelein Schutz. Auch sind die Tannen, sie mögen noch mit jungem, frischem Grün geschmückt emporwachsen, oder sich schon hoch zum Himmel erheben, recht schön anzusehen. Wenn ich zwischen den dunkelgrünen Zweigen der Tannen vor meiner Höhle zum Himmel hinauf blicke, so dünkt er mir noch einmal so schön blau, und der Mond scheint mir noch einmal so helle.« Gottfried schonte deshalb auch die zwei Tannen vor seine Höhle und holt sich sein Holz lieber weiter her.

Auch die zarten, grünen Moose, die Gottfried sonst wenig geachtet hatte, betrachtete er jetzt mit großer Aufmerksamkeit. »Wie gut hat Gott doch alles eingerichtet!« sprach er. »Auch das kleinste Moospflänzchen ist ein Wunder seiner Weisheit und Güte. Es gleicht einem winzig kleinen Tannenbäumchen; und wie zart gewoben erscheinen, gegen das Licht gehalten, die kleinen Blättchen! Alle Gewebe von Menschenhand sind dagegen rauh und grob!« Er bemerkte die kleinen Kapseln, die den Samen enthalten. »Wie nett sind diese kleinen Büchschen!« sagte er; »sie sind wie winzig kleine Kelche gestaltet und mit Deckeln versehen. Die Samenkörnlein sind so klein wie feiner Staub. Wenn die Samen reif sind, fallen die Deckel ab, und der Wind streut den Samenstaub weit umher. So wurden diese Moose überall so reichlich ausgesät. Dem härtesten Felsen gewinnen sie Nahrung ab und bekleiden ihn mit lieblichem Grün. Das zarte, weiche Moos dient dem Vögelein, das dort singt, zu seinem Nestchen, und mir zu einem Bett. Wie unzählige solcher Moosfäserchen brauchte ich dazu, mir ein weiches Lager zu bereiten? Wenn sie nicht so reichlich vorhanden wären, so wäre ich auf dem harten Felsen hart gebettet gewesen! Auch hätte ich meine Höhle nicht so gut gegen die Kälte verwahren können. Ja, du lieber Gott, alles, von der hohen Tanne bis zu dem niedrigen Moos, verkündet deine Macht. Die ganze Erde ist voll deines Ruhmes. Himmel und Erde sind gleichsam ein Tempel deiner Herrlichkeit. Mein Herz aber soll dir ein geheiligter Altar sein.«

Wiewohl nun Gottfried Himmel und Erde als einen Tempel Gottes betrachtete, so fiel es ihm doch äußerst schwer, dass er keine Kirche mehr besuchen konnte. »Irgendein christliches Zeichen zur frommen Erinnerung sollte ich doch hier haben«, sagte er; »solche Zeichen können uns Menschen leicht zur Andacht bewegen.« Er fand ein schönes Tannenstämmchen, dessen braune Rinde mit zartem, gelbem und weißem Moos bewachsen war; er zerteilte es mit seinem Handbeil in zwei Stücke, ein längeres und ein kürzeres, fügte daraus ein Kreuz zusammen und errichtete es auf einem schönen, grünbemoosten Felsen nicht weit von seiner Höhle.

»Das Zeichen des Kreuzes«, sprach er, »dieses heilige Zeichen unserer Erlösung ist so einfach, dass man es überall leicht zustande bringen kann; und doch erinnert es uns so schön an unseren Erlöser, der für uns am Kreuz starb! Sonst ziert man die Kreuze wohl mit Gold und Edelsteinen. Allein auch der einfache Schmuck von Moos nimmt sich nicht übel aus und ist dem Aufenthalt eines armen Einsiedlers wohl angemessen.« Vor diesem Felsen mit dem Kreuz, den er seinen Hausaltar nannte, betete er nun öfter sein Morgen- und Abendgebet; ein Stein, den er herbeigewälzt hatte, diente ihm zum Betschemel.

Seine Eltern hatten ihn einige schöne, kurze Gebete auswendig beten gelehrt. Er freute sich sehr, dass er sie gut im Gedächtnis behalten hatte, und betete sie alle Tage. Er sah wohl ein, dass sie gute Gedanken in ihm erregten und ihm gleichsam Flügel waren, sein Herz zum Himmel zu erheben. »Freilich«, sagte er, »wenn Gott einem eben eine große Wohltat erwiesen hat oder wenn man sich eben in einer großen Not befindet, ist es nicht nötig, Gebete auswendig zu wissen. Die Not und ein gerührtes Herz lehren uns dann schon beten. Allein es gibt doch viele Stunden, wo uns keine besondere Not drückt und wir auch keine besondere Freude haben. Da kommen uns solche kleinen Gebete sehr zugut. Diese kurzen Gebete, die ich auswendig weiß, sind ein Gebetbüchlein, das meine lieben Eltern mir mit auf meinen Lebensweg gegeben haben; auch habe ich dieses Büchlein immer bei mir und – kann es nicht verlieren.«

Seine Eltern hatten ihn auch mehrere Sprüche aus der heiligen Schrift auswendig lernen lassen. Auch diese Sprüche, besonders die Aussprüche Jesu, wiederholte er alle Tage, damit er, da er jetzt kein Buch mehr hatte, in dem er sie nachlesen konnte, sie nicht vergessen möge. Er überdachte diese Sprüche und fand Erbauung und Trost darin. »Diese schönen Sprüche«, sagte er, »sind wie ein Schatzkästlein voll Edelsteine, die man mir nicht stehlen kann, die mir große Freude machen und für mich einen unermesslichen Wert haben!«

Gottfried erinnerte sich in seiner Einsamkeit öfter an Johannes in der Wüste. »Es war doch der Wille Gottes«, dachte er, »dass Johannes, der ein heiliger Mann werden und viel Gutes unter den Menschen bewirken sollte, seine Jünglingsjahre in einer Wüste zubringen musste. Die Einsamkeit muss also doch ihr Gutes haben. So hat Gott auch mich wohl nicht ohne Ursache hierher geführt!« In der Tat ward das einsame Leben dem guten Knaben sehr heilsam. Er wuchs in seiner stillen Einsamkeit zu einem sehr frommen, guten Jüngling heran.

8. Neue Leiden und Mühen

Bisher war Gottfried auf seiner Insel immer vollkommen gesund gewesen. Allein eines Tages trat er sich ein Stück von einer scharfen Meermuschel tief in die Ferse. Denn seine Schuhe hatte er auf den steinigen Wegen längst durchgetreten und konnte sie nicht mehr gebrauchen. Die Wunde entzündete sich und verursachte ihm große Schmerzen. Er bekam ein Wundfieber und konnte kaum mehr von seinem Lager aufstehen. Er hatte unsägliche Mühe, auf seinen Stab gestützt, an die Quelle zu gehen und sich einen Krug Wasser zu holen, um seinen brennenden Durst zu löschen. Er war froh, dass er keine Lust zu essen hatte; denn aus dem Behälter einen Fisch zu holen und ihn zuzubereiten wäre ihm fast unmöglich gewesen. Es fehlte ihm an Leinwand, seine Wunde zu verbinden. Der arme Gottfried war in der Tat sehr bedauernswert.

Wie er nun, unter großen Schmerzen und glühend von Hitze, hilflos auf seinem Moosbett in der dunklen Höhle so dalag, da gedachte er mit mehr Wehmut als je an sein väterliches Haus. »Ach«, sagte er, »wenn mir zu Hause etwas fehlte, wie haben meine Eltern da so liebreich für mich gesorgt! Mein Vater ging selbst, einen Arzt zu rufen. Die Mutter reichte mir unter freundlichem Zureden die Arznei, brachte mir warme Suppen an mein Bett und legte mir meine Betten zurecht. Meine Geschwister hatten das größte Mitleid mit mir und waren nur darauf bedacht, mich zu trösten und mir alle erdenklichen Gefälligkeiten zu erweisen. Alle beteten für mich! Hier aber bin ich so ganz allein und von aller menschlichen Hilfe verlassen! Ach, es wäre schrecklich, wenn ich so einsam und verlassen hier sterben müsste!«

Er vergoss heiße Tränen, erhob seine Hände und betete: »Oh du guter Gott, liebster Vater im Himmel, du meine einzige Zuflucht! Wenn ich gleich von aller Welt verlassen bin, so verlässest doch du mich nicht! Ja, erbarme du dich meiner! Du hast mir noch immer geholfen; hilf mir auch jetzt. Ach, lass mich wieder gesund werden! Gib nicht zu, dass ich auf dieser einsamen Insel sterbe; führe mich wieder zurück zu meinen geliebten Eltern!«

Er sah es jetzt mehr als je ein, dass er gegen seine guten Eltern nicht so dankbar, so gehorsam war, als er es hätte sein sollen. »Ach, lieber Gott«, sagte er, »vielleicht hast du mich auch deshalb hierher auf diese Insel verwiesen, damit ich diese meine Fehler erkenne und mich bessere. Ach, verzeih mir, liebster Vater! Ich verspreche es dir, wenn du mich je wieder zu meinen Eltern zurückkommen lässt, so will ich gewiss die lautere Liebe und Dankbarkeit gegen sie sein und ihnen mit dem bereitwilligsten Herzen gehorsamen.«

Er dachte mit betrübtem Herzen daran, dass er seinen lieben Geschwistern oft unfreundlich begegnet, mit ihnen gezankt und sie mit rauhen Worten betrübt hatte. »Ach, wie mich das jetzt reut!« seufzte er. »Verzeih mir doch, liebster Vater im Himmel, und führe mich wieder zu ihnen zurück! Oh gewiss, gewiss werde ich mich dann befleißigen, mit ihnen in der vollkommensten Eintracht zu leben und ihnen der liebevollste Bruder zu sein!«

»Ach«, sprach er öfter, »ich wusste das Glück, so liebe Eltern, so gute Geschwister zu haben, als ich noch bei ihnen zu Hause war, nicht genug zu schätzen! Ich habe dieses Glück durch Eigensinn und Unbesonnenheit oft gestört! Ach, lass mich, liebster Vater im Himmel, Eltern und Geschwister noch einmal sehen, dass ich sie um Verzeihung bitte, ihnen durch ein besseres Betragen Freude mache und ihnen das viele Gute, das sie mir erwiesen haben, doch in etwas vergelte!«

So und auf ähnliche Weise betete Gottfried in seiner Krankheit öfter. Gott ließ ihn wieder gesund werden. Gottfrieds Wunde fing an zu heilen, das Fieber nahm immer mehr ab und verließ ihn endlich ganz. Als er das erstemal wieder frei und ohne Stab aus seiner Höhle hervorgehen konnte, dankte er Gott auf den Knien, dass er ihm seine Gesundheit wieder geschenkt hatte. Neues Vertrauen auf Gott durchdrang sein Herz. »Lieber, himmlischer Vater!« sagte er voll frohen Mutes; »meinen einen Wunsch hast du erfüllt und mich wieder gesund werden lassen; ich bin voll der freudigen Hoffnung, du werdest auch meinen zweiten Wunsch erfüllen und mich dereinst zu meinen lieben Eltern zurückführen.«

Gottfried war, da er sich wiederhergestellt sah, nun vor allem darauf bedacht, sich eine Art Schuhe zu verfertigen, damit er seinen kaum geheilten Fuß nicht wieder verletze. Er machte mit Hilfe seines Beiles und Messers aus einem Brettchen des zertrümmerten Schiffleins starke Sohlen; aus dem Leder seiner alten Schuhe schnitt er Riemen und nagelte sie mit den Nägeln aus den alten Schuhen an den Sohlen fest. Die neuen Schuhe, dergleichen man sonst Sandalen nannte, gelangen ihm so gut, als es mit seinen unvollkommenen Werkzeugen nur immer sein konnte.

Allein Gottfried hatte auch neue Kleider nötig. Die alten waren ihm zu klein geworden und so abgetragen und zerrissen, dass sie ihn wenig mehr gegen Frost schützten. Bei rauher Witterung fror es ihn manchmal so heftig, dass er mit den Zähnen klapperte und aufs neue krank zu werden fürchtete. Er zog zwar an kalten Tagen den Mantel seines Vaters an. Allein der Mantel war ihm zu lang, und er schleifte ihm nach; auch die Ärmel reichten ihm weit über die Hände hinaus und waren ihm, obwohl er sie aufstülpte, bei der Arbeit sehr unbequem. Der Mantel war aus dauerhaftem braunem Tuch und beinahe noch wie neu. Er beschloss daher, sich daraus ein langes Kleid zu verfertigen, das bis auf die Erde reichte und für eine vollkommene Kleidung gelten konnte, wie er sie einmal an einem Klausner gesehen hatte. »Aber«, sagte er, »woher nehme ich Nadel und Faden und eine Schere?« Zur Nadel schliff er ein Stück eines abgebrochenen Nagels zu; die größte Mühe machte es ihm, mit einem andern zugespitzten Nagel das Nadelöhr durchzubohren. Zu seinem Glück hatte er einst in der Werkstätte des Schmieds bemerkt, wie das Eisen nicht nur, solange es glühe, sehr weich sei, sondern auch nachher noch ziemlich weich bliebe; wie es aber, wenn man es glühend in kaltes Wasser tauche, sehr hart werde. Er dankte Gott, der zum Nutzen der Menschen dem Eisen diese zwei wunderbaren Eigenschaften gegeben hat, und brachte eine ziemlich ordentliche Nadel zustande, die aber doch eher einer Packnadel als einer Nähnadel glich. Um Faden zum Nähen zu bekommen, zog er die Überreste eines leinenen Strumpfes auf, den er längst abgelegt hatte. Anstatt der Schere bediente er sich des Messers, das er an einem Stein wohl schärfte. Er machte sich nun an die Arbeit, schnitt den Mantel auf einem Brett zu einem langen Rock zu und nähte ihn, so gut er konnte, zusammen. Zum Gürtel bestimmte er den Strick, mit dem einst das Schifflein angebunden war, und den Sonne und Regen indes hübsch weiß gebleicht hatten. Da auch sein Strohhut morsch und unbrauchbar geworden, so versuchte er, aus Binsengras einen neuen Hut zu flechten, was ihm, als einen jungen Korbmacher, sehr gut gelang. Er zog hierauf seine neue Kleidung an und stand nun in der braunen Kutte und mit dem weißen Strick um den Leib, den dunkelgrünen Binsenhut, den er an beiden Seiten etwas aufgeschlagen hatte, auf dem Kopf, und mit seinem langen Stab von Weidenholz in der Hand ganz als Einsiedler gekleidet da. Er ging an das Meer, besah sich in dem spiegelklaren Wasser und musste selbst ein wenig über seine Gestalt lächeln. »Nun«, sagte er, »seh' ich gerade so aus wie der Bruder Klausner, der uns, als ich noch zu Hause war, zuzeiten besucht hat. Meine Kleidung ist freilich etwas rauh und schlecht gemacht. Allein sie hält doch so warm, als wäre sie aus dem feinsten Tuch aufs Kunstreichste zugeschnitten und auf das schönste ausgenäht. Ich erkenne diese Kleidung für eine große Wohltat Gottes und will ihm täglich dafür danken.«

Während Gottfried an seiner Kleidung arbeitete, stellte er allerlei nützliche Betrachtungen an. »Bevor ich hierherkam«, sagte er, »habe ich nie daran gedacht, wie gut es sei, unter mehreren Menschen zu wohnen. Wie viele tausend Menschen müssen zusammen helfen, bis ein Mensch gekleidet wird! Wie viele Menschenhände mussten in Bewegung sein, bis nur der Flachs, woraus der Faden, den ich eben jetzt einfädle, gesponnen ist, oder bis das Stroh, woraus mein alter Strohhut hier neben mir geflochten worden, auf dem Acker wachsen konnte! Bevor der Bauersmann den Acker pflügen kann, muss er einen Pflug haben. Das Eisen dazu musste von den Bergleuten aus den Bergen herausgegraben werden; man musste es dann schmelzen und auf dem Eisenhammer schmieden. Wie viele Menschen mussten zusammenarbeiten, bis alle Werkzeuge für Eisenbergwerk, Eisenschmelze und Eisenhammer zustandekamen? Der Wagner verfertigte die Räder und das Gestell des Pflugs. Auch da musste erst das Holz dazu im Wald gefällt werden, wozu wieder eine Axt nötig war. Und wie vielerlei Eisen zum Bohren und Zuschneiden braucht ein Wagner? Alles dieses musste wieder von Menschenhänden verfertigt werden. Der Schmied muss den Pflug und die Räder beschlagen; auch er brauchte Esse, Kohlen, Blasebalg, Hammer, Zange und Amboss. Auch diese konnten nur durch den vereinigten Fleiß mehrerer Menschen zustandekommen. Bevor man die Rosse an den Pflug spannen konnte, brauchte man Geschirr und Stränge. Da gab es dann nicht nur für Sattler und Seiler vieles zu tun; es mussten noch vorher von vielen Menschen die Werkzeuge dazu verfertigt werden. Alles dieses und vieles andere musste geschehen, bevor der Bauer Flachs oder Korn auf seinem Acker anbauen konnte. Und nachdem die Saat zur Ernte reif ist, sind noch eine Menge von Arbeiten notwendig. Man muss den Flachs ausraufen, riffeln, dörren oder beizen, schwingen und hecheln, bis man endlich einen Faden spinnen kann. Das Korn musste der Schnitter schneiden, der Drescher dreschen, bis endlich der Strohflechter das Stroh bekam und einen Strohhut daraus flechten konnte.«

Ebenso sann Gottfried nach, welch eine Menge von Händen geschäftig sein musste, um die Wolle zu gefärbtem Wollentuch zu verarbeiten; wie viele Werkzeuge und Gerätschaften, Webestühle, Walkmühlen, Färberkessel und unzählige andere Dinge dazu schon vorher fertig sein mussten; wie viele Arbeiter, denen wieder andere Handwerker vorarbeiten mussten, nötig waren, um alles dieses herzustellen, bis man endlich Schere und Nadel ergreifen und eine vollständige Kleidung verfertigen konnte.

»Was nur eine einzige Nadel für Arbeit kostet«, sprach Gottfried, »davon kann ich sagen. Und nun kauft man mehrere um einen Kreuzer, weil immer ein Mensch dem andern in die Hände arbeitet. Es ist eine schöne Einrichtung, dass immer viele Tausende für einen arbeiten; so soll auch jeder einzelne zum Wohl anderer durch seine Arbeit beitragen, damit das Ganze bestehe. Der Vornehmste soll daher den Geringsten nicht gering achten, der Geringste den Vornehmen nicht beneiden. Einer muss durch den andern und für den andern leben. Wer nicht arbeitet, soll nicht essen. Das richtete Gott so ein, damit die Menschen, die sich gegenseitig so nötig haben, einander lieben, und sich miteinander vertragen mögen. Oh, es ist gut, in der menschlichen Gesellschaft zu leben! Wer von aller menschlichen Gesellschaft abgeschieden ist, der muss sich viel plagen und viele Bequemlichkeit entbehren. Wenn ich wieder unter die Menschen zurückkomme, so werde ich es mich gewiss nicht verdrießen lassen, fleißig zu arbeiten. Ich will durch unermüdeten Fleiß auch meinen Teil zur Erhaltung des Ganzen beitragen.

Doch alles, was ich aus der menschlichen Gesellschaft mit hierher brachte, Kleidung, Leinwand, Faden, Eisen, so unentbehrlich es mir auch ist, wie ist es so wenig, so gar nichts gegen den Unterricht, den ich zu Hause, in der Schule und Kirche, erhielt! – Oh du lieber Gott«, rief er, »was wäre ich ohne Kenntnis von dir, von deinem lieben Sohn, von seinen Lehren und Verheißungen! Ich wäre der elendeste Mensch auf Erden! Oh dass doch alle Menschen einsehen möchten, welcher Segen, welches Heil es ist, dich, oh Vater, und den du gesandt hast, Jesus Christus, zu erkennen!«

9. Ein großes Unglück

Gottfried lebte, da er wieder gesund war und ganze Kleider anzuziehen hatte, nun wieder ruhig und zufrieden auf seiner Insel. Allein die Sehnsucht nach seinen geliebten Eltern erfüllte immer sein Herz und nahm mit jedem Tag noch zu. Er ging noch immer, mehr als einmal des Tages, auf den Felsengipfel und schaute nach allen vier Weltgegenden, ob er nicht irgendwo ein Schiff erblicke. Wirklich sah er auch manches Schiff, das gerade auf die Insel zufuhr – und ihm klopfte das Herz allemal vor Freude. Allein jedesmal wendete sich das Schiff, bevor es der Insel näher kam, und fuhr in weiter Ferne rechts oder links an der Insel vorbei. Gottfried zweifelte nun nicht mehr, dass alle Schiffe die Insel mit Vorsatz vermieden. Allein warum sie die Insel so flohen, konnte er lange nicht begreifen. Indes kam er nach und nach auf die rechte Ursache. Weit umher um die Insel ragten viele Felsen aus dem Meer hervor, und noch mehrere waren unter dem Wasser verborgen, was man an dem Aufbrausen der Wellen, die sich an ihnen mit Gewalt brachen, leicht abnehmen konnte. Um nun an diesen Klippen nicht zu scheitern, wollten die Schiffer ihnen nicht näher kommen. Als eines Tages wieder ein Schiff mit vollen Segeln auf die Insel zusegelte, plötzlich alle Segel einzog, hingegen alle Ruder in Bewegung setzte und sich seitwärts wendete, ward Gottfried sehr traurig. Allein er fasste sich wieder und ergab sich in den Willen Gottes. – »Gott will es nun einmal so haben«, sprach er, »dass ich noch länger auf dieser Insel bleibe; und so geschehe sein Wille. Kommt einmal die Stunde, die er bestimmt hat, mich aus meiner Gefangenschaft zu befreien, so wird er leicht Mittel und Wege finden. Ihm sei alles anheimgestellt! Er wird alles recht machen.«

Gottfried dachte, er werde wohl noch mehr als einen Winter hier zubringen müssen, und versah sich wieder mit Holz. Er fällte manche Tanne, spaltete das Holz und schichtete die Scheiter an der Felsenwand nächst seiner Höhle auf. Er sammelte und trug auch eine Menge dürrer Äste und Zweige dazu, um sie gelegentlich in kleine Büschel zu binden, mit denen er leichter und schneller ein Feuer aufschüren könne.

Eines Tages hatte er an einem hohen Felsen, ziemlich weit von seinem Tälchen, eine Tanne gefällt, die mit großem Gekrach in eine tiefe Felsenschlucht hinabgestürzt war. Er arbeitete nun vom frühen Morgen an unausgesetzt, Scheiter daraus zu machen. Da er keine Säge hatte und das Holz mit seinem Handbeil abhauen musste, so kostete ihn dieses viele Mühe, und er vergoss manchen Schweißtropfen. Als endlich Mittag vorüber war und es anfing, ihn zu hungern, machte er sich, indem er eine schwere Last Holz auf seine Schultern nahm, auf den Weg zu seiner Wohnung. Allein als er aus der Schlucht heraufkam – wie erschrak er! Er sah zwischen den Felsen, gerade dort, wo seine Höhle sich befand, dicke, schwarze Rauchwolken aufsteigen; und zwei schauerlich rote Flammen, hoch und groß wie zwei Turmspitzen, loderten zum Himmel empor.

Gottfried hatte schon von Bergen gehört, die zuzeiten Feuer auswerfen. Er fürchtete, ein unterirdisches Feuer sei ausgebrochen und könnte leicht die ganze Insel verheeren. Er warf seine Holzbürde ab, näherte sich mit bebendem Herzen seinem kleinen Tal und blieb höchst bestürzt unter dem Eingang stehen. Er sah nichts als Rauch und Flammen; das Prasseln und Knallen des Feuers betäubte ihn fast. Es war ihm indes einiger Trost, dass die Flamme nicht aus der Erde ausgebrochen war; er konnte sich auch leicht denken, wie das Feuer ausgekommen sei. Einige von den dürren Reisern, die er auf dem grünen Platz vor der Höhle aufgehäuft hatte, waren dem Feuerherd in der Felsenecke zu nahe gelegen. Der Wind hatte die Glut unter der Asche angefacht und einige Reiser dahin geweht, diese loderten sogleich in hellen Flammen auf und entzündeten die übrigen. So gerieten der Holzstoß, die Tür vor der Höhle, Tisch und Bank und das Bretterdach, das eben jetzt mit Krachen herabstürzte, in Brand. Ja auch die zwei großen, alten Tannen flammten gleich zwei ungeheuer großen brennenden Fackeln hoch empor. Sie waren eben die Flammen, die er schon von weitem erblickt hatte.

In den ersten Augenblicken überschaute Gottfried noch nicht, welchen unersetzlichen Schaden ihm die Feuersbrunst verursacht hatte. Er macht sich indes bittere Vorwürfe, dass er mit dem Feuer nicht vorsichtiger gewesen. Er jammerte um sein Küchengeschirr, um seinen Vorrat von Holz und sein hölzernes Gerät. »Lieber Gott«, sagte er, »das herabgefallene Dach hat meinen Kochtopf zerschlagen; nun kann ich keine Fische mehr sieden. Auch mein Wasserkrug ist zu Scherben zerbrochen! Sooft ich trinken will, muss ich von der Höhle bis zur Quelle gehen. Ich habe weder Tisch noch Bank mehr, ja weil auch das Bretterdach verbrannt ist, habe ich außer der Höhle kein trockenes Plätzchen mehr, wenn es regnet; sogar die Tür zu meiner Höhle ist in Asche verwandelt und kann mich ferner nicht mehr vor Kälte schützen!«

Doch jetzt erst fiel ihm ein, was für ihn das Schlimmste war; er schlug laut jammernd die Hände zusammen und rief: »Oh du mein Gott, welch ein großes Unglück ist das für mich armen Knaben! Alle meine Schnüre, die mir zum Fischen so unentbehrlich waren und die ich sorgfältig unter dem Bretterdach aufgehängt hatte, um sie zu trocknen, sind im Feuer aufgegangen! Was soll ich nun anfangen? Alle Leinwand, die ich hatte, habe ich bereits zu Faden ausgefasert und Schnüre zum Fischfang daraus gedreht – womit soll ich nun fischen? Die Fäden von dem wollenen Tuch, womit ich bekleidet, und von dem wergenen Strick, womit ich umgürtet bin, sind nicht haltbar genug und taugen nicht dazu. Ich weiß mir nicht mehr zu raten und zu helfen! Ich bin aufs neue in Gefahr, Hungers zu sterben. Während meiner Krankheit schauderte mir am meisten vor dem Gedanken, einsam auf dieser Insel sterben zu müssen. Ach du mein Gott, wenn du mir nicht eine besondere Hilfe sendest, so wird es doch noch dazu kommen, dass ich zwischen diesen schauerlichen, unfruchtbaren Felsen verschmachte!«

Gottfried war einige Schritte in sein Felsental hineingegangen. Allein er vermochte hier nicht lange zu verweilen. Der Boden glühte, die Luft zitterte von qualmender Hitze, geschmolzenes Harz regnete in hellen Feuerfunken von den brennenden Tannen herab, und der Rauch war fast erstickend. »Ach«, sprach er, »man sagt freilich, aus Unglück komme oft Glück! Allein, wenn ich diese schreckliche Verwüstung betrachte, so kann ich mir nicht vorstellen, wie aus dem Unglück, das mich betroffen hat, ein Glück entstehen sollte. Ich sehe meines Jammers kein Ende!«

Betrübt verließ er sein trauliches, ihm so lieb gewordenes Tal, setzte sich in einiger Entfernung auf ein Felsenstück und stützte die Wange trostlos auf die Hand. »Wenn ich unter Menschen lebte«, seufzte er, »so wäre der Schaden, den das Feuer anrichtete, bald wieder ersetzt! Für wenige Kreuzer könnte ich wieder Schnüre zum Fischen und einen Kochtopf und Wasserkrug kaufen. Und wenn ich auch nicht einen einzigen Kreuzer hätte, so würde ich leicht wohltätige Menschen finden, die mir gern einige Trümchen Schnüre und ein paar irdene Geschirre schenken oder mir das Geld dazu geben würden. Aber hier, so fern von Menschen, ist mein Verlust nicht zu ersetzen! Oh wie gut ist es doch, unter Menschen zu leben! Wie leicht kann einer das Unglück des andern mildern; mit wie wenigem kann einer oft den andern aus großer Not erretten und ihn glücklich machen! Allein der arme Verlassene in seiner Einsamkeit muss in seiner Not umkommen! Oh wenn mir je wieder das Glück aufblühen sollte, unter Menschen zu leben, wie liebreich wollte ich mich aller Unglücklichen annehmen! Die Leiden, die Gott über uns schickt, haben auch das Gute, dass sie unser Mitleid mit anderen Leidenden zarter und stärker machen. Ach, wo dieses schöne, edle Gefühl fehlte, da wäre der Unglückliche mitten unter Menschen so verlassen, wie ich armer Knabe auf meiner einsamen Insel!«

Der arme betrübte Gottfried blieb, in traurige Gedanken vertieft, bis an den späten Abend sitzen. Er wollte nun in seine Höhle zurückkehren. Er kam in das Tälchen. Die Flammen waren zwar erloschen, allein Glut und Rauch waren noch zu heftig. Er musste anderswo eine Nachtherberge suchen. Das Wäldchen an der Quelle hatte er nach und nach umgehauen, um sich mit Holz zu versehen. Er musste daher unter freiem Himmel übernachten, und ein harter Felsen war sein Bett. Indes war Gottfried zu traurig und bekümmert, als dass der Schlaf ihm die Augen hätte schließen können. »Ach«, seufzte er, »ich bin wie ein armes Vögelein, das aus seinem Nestlein verscheucht worden!« Eine mächtigere Sehnsucht nach seinem väterlichen Hause, ein schmerzlicheres Heimweh als je erwachte in seinem Herzen. »Oh wie vieles«, sprach er, »habe ich auf dieser Insel schon ausgestanden, und wie vieler Jammer wartet hier noch auf mich! Aber dort in meinem väterlichen Hause, oh wie gut hatte ich es da! Wenn ich nur wieder dort wäre, dann würde ich wieder neu aufleben!«

Er blickte mit weinenden Augen zum Himmel auf. Es war eine schöne Nacht; an dem ganzen Himmel war kein Wölklein zu sehen; die Sterne funkelten mit unbeschreiblicher Klarheit. »Oh Gott«, sprach er, »wie schön muss es im Himmel sein! Wie gut werden wir es einst haben bei dir! Nur da droben ist unsere Heimat, unser rechtes väterliches Haus! Wie ich von dieser rauhen, unfruchtbaren Insel, auf der ich als Fremdling lebe, mich hinübersehne nach dem festen Land, wo schöne Gärten mit lieblichen Blüten und köstlichen Früchten prangen, wo mein Vater mich mit offenen Armen aufnehmen würde; so und noch mehr sehne ich mich hinauf zu dir, lieber Vater im Himmel! Die ganze Erde gleicht dieser Felseninsel. Die Menschen auf Erden haben, wie ich hier auf dieser Insel, vieles zu leiden – Kummer, Frost, Hunger, Krankheit und zuletzt den Tod. Allein droben bei dir im Himmel, dort ist keine Plage und kein Leiden mehr, dort ist wahre, vollkommene Freude. Oh, wenn ich nur einmal dahin komme, wo ich einst meine lieben Eltern gewiss wieder zu sehen hoffe – so ist es einerlei, wieviel ich hier noch zu leiden habe! Ach, wenn heute doch ein Schiff vom festen Land herüberkäme, mich hinüberzubringen zu meinem Vater, wie würde ich mich freuen! So will ich mich freuen, wenn der Tod kommt, mich abruft von dieser Welt und mich hinüberbringt in die bessere Welt, in den Himmel!«

10. Die fernen Freunde

Es waren jetzt drei Jahre verflossen, seit Gottfried vom Sturm auf die Insel geworfen worden. Seine Eltern dachten nichts weniger, als dass er noch lebe. Sie hofften ihn nur in dem Himmel wiederzusehen. Indes machten ihnen ihre übrigen Kinder viele Freude. Martha, nun bald vierzehn Jahre alt, war ein sehr fleißiges Mädchen. Auch Andreas, der damals, als Gottfried den Eltern entrissen wurde, erst neun Jahre alt war, leistete dem Vater bei seiner Arbeit bereits gute Dienste. Beide waren sehr gutartige, wohlgesittete Kinder.

Eines Tages nun, eben zu der Zeit, da die Nüsse wieder reif waren, sagte der Vater zu Andreas und Martha: »Kinder, wir wollen heute, da der Morgen gar so schön und das Meer so ruhig ist, miteinander hinüberfahren auf die grüne Insel. Ich brauche wieder Weidenzweige. Nebenbei könntet ihr dann einige Körbe voll Nüsse mitnehmen. Sie sind heuer so gut geraten wie vor drei Jahren, als unser lieber Gottfried noch lebte.« Vater und Kinder fuhren hinüber. Als sie genug Weiden geschnitten hatten, setzten sie sich unter einen Baum und aßen Milch und Brot. »Liebe Kinder«, sagte der Vater, »dies ist eben der Pappelbaum, unter dem ich mit eurem Bruder Gottfried das letztemal zu Mittag gegessen habe!« Er erzählte die Geschichte hier an dem Ort, wo sie sich zugetragen hatte, noch einmal und schilderte jenen furchtbaren Sturm und Gottfrieds Jammer sehr rührend und lebhaft. »Seht«, sagte er am Ende und zeigte mit dem Arm hinaus in das Meer, »gerade dorthin sah ich ihn in den tobenden Fluten verschwinden!« Dem Vater standen die Tränen in den Augen; Andreas blickte seitwärts, eine Träne zu verbergen; Martha aber weinte recht von Herzen. Sie gingen hinauf zu dem Nussbaum und füllten ihre Körbe mit Nüssen. »Die Mutter wird sich freuen«, sagte Andreas, »wenn sie diese Menge von Nüssen sieht!« – »Ach«, sagte Martha, »die Mutter ist zur Zeit, da die Nüsse reif werden, allemal traurig. Sie denkt dann an unseren lieben Gottfried. Wenn sie diese Nüsse da erblickt, wird sie gewiss recht schmerzlich weinen!«

Der Vater wollte jetzt wieder nach Hause fahren. Allein Andreas sagte: »Lieber Vater! Ich bitte dich, geh mit uns doch noch zuvor hinauf auf den Berg da; dort oben muss man recht weit um sich sehen können.« – »Oh ja«, flehte Martha, »tu das, lieber Vater! Die Aussicht gegen das Land hin soll gar überaus schön sein.« Der Vater ging mit ihnen hinauf. Es war ein unvergleichlich schöner heiterer Herbsttag. Der Himmel war so rein und blau und die Luft so hell und durchsichtig, dass man in die weiteste Ferne sah. Die Kinder waren über den Anblick des fernen Landes entzückt. Andreas rief verwundert: »Oh wie klar und deutlich, wie schön und herrlich sind Berg und Tal, Felsen und Wälder und die vielen Ortschaften, Schlösser und Türme von hier aus zu sehen! Man könnte sie nicht schöner malen.« – »Und unser Dörflein«, rief Martha, »wie es in der weiten Ferne uns so klein vorkommt! Wie nett und freundlich es ist! Und unser Wohnhäuschen – siehst du es dort, Andreas? Wie schön weiß und reinlich es zwischen den grünen Bäumen dasteht! Oh wie scheint es gar so winzig klein! Die Fenster gleichen nur schwarzen Tüpfelein! Es deucht mich nicht größer als ein Würfel, mit dem man spielt. Und wie der Herbst die Wälder schon zum Teil so schön bunt gefärbt hat! Und sieh nur, weiter hinein in dem Land, die blauen Berge, die sich hoch zum Himmel erheben, die wir aber von unserem Dorf aus wegen der näheren waldigen Berge nicht sehen können. Oh wie hat Gott doch alles so schön gemacht! Wie gut ist er! Es ist doch recht schön auf Erden. Wie schön muss es erst im Himmel sein!«

Andreas wandte sich jetzt gegen das weite Meer und rief erstaunt: »Vater, sieh, was ist das? Dort steigt aus dem Meer ein Rauch auf!« Der Vater sah die Rauchsäule, die hoch empor wallte, aber vom Wind etwas seitwärts gebogen wurde. Dieser Rauch kam von der Feuersbrunst auf Gottfrieds Insel. Der Tag, an dem der Vater sich mit den zwei Kindern auf der grünen Insel befand, war eben der Tag, an dem das Feuer den guten Gottfried in einen so großen Jammer versetzt hatte. Allein der Vater sprach: »Ich weiß nicht, was das sein soll; ich fürchte, ein Meerschiff sei in Brand geraten!« – »Ach Gott!« rief Martha, »das wäre ja entsetzlich! Gott wolle sich dann der armen Leute erbarmen! Sie können dem Feuer nicht entrinnen, ohne in dem Wasser umzukommen!« Der Vater sah unverwandt hin. Die Sonne stand seitwärts; das Meer glänzte wie geschmolzenes Silber. »Mir ist's«, sprach der Vater, indem er die Hände über die Augen hielt, »ich sehe dort in dem Meer einen dunklen Fleck, aus dem der Rauch aufsteigt. Seht ihr ihn nicht auch?« – »Oh ja!« sagte Martha, die sehr gute Augen hatte; »ich sehe ihn deutlich; er hat oben zwei Spitzen.« – »Ich sehe die beiden Spitzen auch«, rief Andreas; »die eine ist etwas höher als die andere.« – »Das ist kein Schiff«, sagte der Vater; »ein Schiff ist anders gestaltet und käme in einer solchen weiten Entfernung auch nicht so groß heraus. Das muss eine Insel sein, von der ich aber bisher nichts wusste. Dort müssen Menschen leben; wie könnte sonst dort Rauch aufsteigen?« – »Mein Gott«, sprach Martha, »wäre es nicht möglich, dass dort unser lieber Gottfried noch lebte?« – »Ei«, rief Andreas, »das könnte gar wohl sein! Denn gerade gegen diese Gegend hin trieb ihn ja der Sturm!« – »Oh wenn er noch lebte, das wäre eine große Freude!« rief Martha und wurde vor freudigem Erschrecken ganz bleich. »Gott, dem Allmächtigen, ist kein Ding unmöglich«, sprach der Vater, »sein kann es gar wohl, dass Gott ihn erhalten hat!« – »Nun«, sagte Andreas, »so wollen wir geschwind hinüberfahren und ihn herüberholen!« – »Das geht nicht so schnell, lieber Andreas!« sagte der Vater, »indes werde ich es wagen. Ich muss mich aber erst um ein größeres Schiff und um kundige Schiffer umsehen. Kommt und lasst uns eilends nach Hause fahren!«

Der Vater ruderte mit seinen zwei Kindern eilig nach Hause. Alle drei erzählten der Mutter ihre freudigen Vermutungen. Die Mutter war über diesen Funken von Hoffnung schon entzückt; ja die Hoffnung war ihr beinahe schon Gewissheit. Die übrigen Kinder jubelten laut.

Die Eltern riefen die Nachbarn zusammen. Die Meinungen dieser Männer waren aber sehr verschieden. »Ei was«, rief der Vorlauteste, »woher soll denn da eine Insel kommen? In meinem Leben habe ich nichts davon gehört. Sicher ist es ein brennendes Schiff gewesen.« – »Nein«, rief ein anderer, der alles besser wissen und verstehen wollte; »es war kein Schiff, sondern ein feuerspeiender Berg. Ich habe gehört, dass schon oft in dem Meer über Nacht solche Berge entstanden sind. Da könnten wir nun schön ankommen, wenn wir hinüberschifften. Die ausgeworfenen Flammen und glühenden Steine würden uns bald den Garaus machen.« – »Es sei nun ein Schiff oder ein Berg«, sprach ein dritter, »um tausend Gulden möchte ich in einem so kleinen Schifflein, dergleichen wir haben, mich nicht so weit in das Meer hinaus wagen.« – »Wenn du mir hundert Gulden gibst, Philipp«, sagte ein vierter, »so wag ich meine Haut daran; um weniger tu ich es aber nicht.«

Der alte, ehrliche Thomas gebot jetzt Stille und sprach: »Gevatter Philipp, ich fahre mit dir! Da hast du meine Hand darauf. Gottfried war immer ein lieber Knabe und ich bin sein Taufpate. Es ist zwar nicht gewiss, ja kaum wahrscheinlich, dass er noch lebt, aber doch möglich. Deshalb ist es der Mühe wert, dass wir die gefährliche Fahrt unternehmen. Derjenige, der uns Mut dazu gibt, wird uns auch durchhelfen!« Peter, ein kräftiger junger Mann, sagte: »Da du mit-fährst, Thomas, so fahre ich auch mit. Da, schlag ein! Habe ich schon öfter mein Leben daran gewagt, einige armselige Fischlein zu fangen, so kann ich es auch einmal daran wagen, ein gutes Werk zu vollbrin-gen. Allein für Geld ist mir mein Leben nicht feil. Ich verlange nichts. Denn solange ich lebe, würde es mich freuen, wenn wir den wackern Jungen zurückbringen könnten, und diese Freude wäre mir Lohns genug.«

»Gott gebe uns diese Freude!« sagte Thomas. »Wenn Wind und Wetter so günstig bleiben, wie heute, so fahren wir morgen früh mit anbrechendem Tag ab.« Die übrigen Männer gingen, den Kopf schüttelnd und Unglück weissagend, auseinander. Die zwei tapfern Männer, Thomas und Peter, blieben aber noch bei Gottfrieds Vater und unterredeten sich noch weiter mit ihm über die morgige Fahrt. Margareta, die Mutter, machte indessen Anstalten, sie mit hinreichen-den Lebensmitteln zu versehen. Allein Thomas sprach: »Lass das! Ich nehme ohnehin zu dieser Fahrt mein großes Schiff mit Segeln, und da behalte ich mir vor, es auch gehörig auszurüsten!«

Der folgende Morgen war schön, und es wehte ein günstiger Wind. Mutter und Kinder begleiteten den Vater und die zwei Männer bis an das Schiff. Als sie einstiegen, sagte die Mutter mit einem andäch-tigen Blick zum Himmel: »Ich und meine Kinder wollen indes unaus-gesetzt beten, bis ihr wieder glücklich zurückgekommen seid. Und Gott gebe, dass ihr meinen lieben Gottfried mitbringt!« Sie zogen das Segel auf, stießen vom Land und fuhren an der grünen Insel vorbei, genau der Gegend zu, wo Gottfrieds Vater den dunklen Punkt im Meer bemerkt hatte, den sie aber jetzt noch nicht sehen konnten. Wie sie eine Meile weit über die grüne Insel hinaus waren, erschien er endlich, und sie sahen ihn, sowie sie weiter fuhren, immer deutlicher und größer. »Brüder«, rief Peter, »es ist wahrhaftig eine Insel; nur brav darauf los gerudert! Ruder und Segel müssen zusammen helfen, damit wir bald dahin kommen.« Die Fahrt ging sehr schnell. Plötzlich rief aber Thomas: »Haltet und zieht das Segel ein. Hier sind viele Klippen im Meer; wir müssen sehr vorsichtig sein, um nicht zu scheitern. Größere Schiffe als das meinige, dergleichen die Kaufleute haben, würden hier sicher steckenbleiben oder gar in Trümmer gehen.« Mit Hilfe der Ruder und vieler Mühe kamen die Männer endlich hindurch. Peter sprang zuerst ans Land und rief: »Da hätten wir einmal die Insel, und will's Gott, werden wir auch unsern Gottfried finden. Was man mit Gott und aus Liebe zu den Menschen anfängt, bringt man auch glücklich zuende.«

Die andern zwei Männer stiegen auch aus und banden das Schiff mit einem Seil, das sie um einen Felsklotz schlangen, fest. Thomas betrachtete die schauerlichen, unfruchtbaren Felsen umher und schüttelte den Kopf. »Da ist nicht gut wohnen«, sagte er; »wenn der arme Gottfried sich auf diese Klippe sollte gerettet haben, so sehe ich doch nicht ein, wie er da drei Jahre lang hätte leben können.« Sie fingen an, die Insel zu durchsuchen, und kletterten über Felsen und stiegen in tiefe Klüfte hinab. Endlich kamen sie auf einen betretenen Weg und bemerkten einige Fußstapfen, die in einen Felsen eingehauen waren. Sie stiegen hinauf. Der Weg führte gerade zu Gottfrieds Höhle. Der jugendliche Peter eilte voraus. Thomas, der für sein Alter noch sehr rüstig war, folgte ihm fast ebenso schnell. Gottfrieds Vater ging etwas langsamer. Der Anblick der schauerlichen Wildnis erschreckte ihn; Furcht und Hoffnung stritten in seinem Herzen. »Guter Gott«, dachte er, »wenn der arme Knabe noch leben sollte, so ist das ein Wunder deiner Güte und Allmacht! Nur deine väterliche Fürsorge für alles, was da lebt, konnte ihn hier erhalten.«

11. Der unerwartete Besuch

Gottfried hatte die Nacht traurig und schlaflos zugebracht. Als die rötliche Morgendämmerung anbrach und nach und nach den Himmel erhellte, wurde es auch in Gottfrieds trüber Seele heller. »Lieber Gott«, sagte er, »aus der finstern Nacht lässt du die freundliche Morgenröte hervorbrechen; so wirst du auch aus dieser meiner tiefen Betrübnis mir noch Freude zu schaffen wissen. Ach, damals, als ich meine letzte Nuss verzehrt hatte, war ich sehr verzagt, fürchtete zu verhungern und weinte bittere Tränen! Allein du verließest mich nicht! Du halfest mir dazu, mich mit Fischen zu ernähren. Jetzt, da mir mein Fischerhandwerk gelegt ist und ich wieder nicht weiß, wovon ich leben soll, wirst du auf eine andere Weise für mich sorgen. Du verlässt diejenigen nicht, die dir vertrauen!«

Als die Sonne aufgegangen war und schön und herrlich am Himmel stand, ging Gottfried in sein kleines Felsental, und aus der Glut, die unter der Asche glimmte, stieg hier und da noch Rauch auf. Die Felsen umher waren von Rauch und Ruß geschwärzt, alles Holzwerk vom Feuer verzehrt, und er sah von den großen schönen zwei Tannen wenig mehr. Nur das Kreuz auf dem Felsen war von dem Feuer nicht erreicht worden und stand noch unversehrt da. »Das ist schön«, sagte Gottfried, »das ist mir ein liebliches Sinnbild! Wenn alles Staub und Asche wird, ja wenn einst die ganze Welt vom Feuer verzehrt sein wird, so bleibt doch das Heil noch, das uns der Erlöser erworben hat, der am Kreuz für uns den Tod der Liebe duldete.«

Gottfried kniete vor dem Kreuz nieder und betete: »Lieber himmlischer Vater! Verzeih mir, dass ich so verzagt und kleinmütig war und mich nicht sogleich an das Beispiel deines lieben Sohnes erinnerte. In seiner unbeschreiblichen Betrübnis ergab er sich ganz deinem Willen. Ich bin jetzt auch sehr bekümmert, und eine große Angst ergreift mich, wenn ich daran denke, dass ich nichts mehr zu leben habe. Allein, wie er betete, will auch ich beten: ›Vater, wenn es möglich ist, so gehe dieser Kelch an mir vorüber. Aber nicht mein Wille geschehe, sondern der deine!‹ Willst du diesen Kelch nicht vorübergehen lassen – nun, so gewähre mir nur ein Tröpflein Trost; denn einen Trostengel zu verlangen wäre doch zuviel!«

Indem Gottfried so betete, kamen die drei Männer in sein Felsental und sahen ihn in seiner Einsiedlertracht mit aufgehobenen Händen vor dem Kreuz knien. Er aber war so vertieft in seine Andacht, dass er sie nicht bemerkte. Der mutige Peter erblickte ihn zuerst und sagte leise zu den andern: »Seht, dort kniet ein frommer Einsiedler und betet. Der kann uns vielleicht Auskunft geben, ihn wollen wir fragen.« – »He, frommer Bruder«, rief er jetzt laut, »könnt Ihr uns nicht sagen, ob auf dieser Insel nicht ein gewisser Gottfried lebt?« Gottfried erschrak, so plötzlich eine Menschenstimme zu hören, die seinen Namen nannte. Er schaute um, erkannte seinen Vater, sprang auf ihn zu, fiel ihm um den Hals und rief mit lauter Stimme: »Oh mein Vater!« Vater und Sohn konnten vor Freude und Schrecken lange nicht reden und brachen in Tränen aus. »Oh liebster Vater«, sagte endlich Gottfried, »als ich dich erblickte, war es mir, als sähe ich einen Engel, den mir Gott gerade in der größten Not zu Hilfe schickt!« Beide dankten mit einem Mund Gott, der sie einander wieder hatte finden lassen.

»Nun, nun«, sagte endlich Thomas, »schau uns andere zwei nur auch ein wenig an, lieber Gottfried! Kennst du deinen Taufpaten nicht mehr?« Gottfried grüßte seinen Taufpaten auf das herzlichste. Hierauf sprach auch Peter: »Grüß dich Gott, lieber Gottfried! Wie, lass dich einmal recht ansehen! Nun, du siehst gut aus und bist brav gewachsen. Allein, wie in aller Welt kommst du denn zu dieser Klausnertracht, und wie konntest du auf dieser Insel, die eine wahre Drachenwohnung ist, dein Leben durchbringen?« Gottfried fragte, ohne hierauf zu antworten, seinen Vater: »Was macht meine liebe Mutter? Wie leben meine Geschwister? Und wie kommt ihr so ganz unerwartet und gegen alle meine Hoffnung hierher?« Der Vater sagte: »Sie sind alle wohl und werden sich unbeschreiblich freuen, dich wiederzusehen! Allein lass jetzt das Fragen! Damit kämen wir an kein Ende. Erzähle du uns zuerst deine Geschichte von Anfang an und der Ordnung nach. Dann wollen auch wir dir erzählen, was sich indessen alles zu Hause begeben hat. Sieh, dort am Felsen mit dem Kreuz ist der Rasen schön grün und rein von Asche. Dort wollen wir uns zusammen hinsetzen und zuerst deine Geschichte verneh-men.« Sie gingen hin und setzten sich. »Nun«, sprach Thomas, »fange an, Gottfried!«

Gottfried erzählte seine Geschichte von dem Augenblick, da er seinen Vater das letztemal gesehen, bis zu dem Augenblick, da er ihn wiedersah. Er war sehr ausführlich und erzählte alles, was ihm begegnete, was er gedacht und getan, besonders, wie er in seinen großen Nöten zu Gott gebetet und Gott ihn allemal aus der Not er-rettet habe. Gottfried vergoss unter dem Erzählen manche Träne. Auch sein Vater trocknete sich öfter die Augen und sagte am Ende: »Nun, gottlob, dass ich dich wiederhabe, liebster Gottfried, und dass du, wie ich aus deiner Erzählung sehe, auf deiner Insel frömmer und besser geworden bist, als du es zuvor gewesen.«

Der fröhliche Peter sagte: »Lieber Gottfried! Wenn ich dich so in deiner Kutte mit dem Strick um den Leib betrachte, so kann ich mich nicht enthalten, zu lächeln. Ja, wenn mir jemand, ohne mir zu sagen, wie du hierherkamst, erzählen würde, dass du in deinem jugendlichen Alter, gleich einem Einsiedler gekleidet, die dunkle Höhle einer Wüste bewohnt und dich bloß von den Fischen, Wurzeln und Kräutern ernährt habest, so würde ich dich einen törichten Knaben schelten. Allein ich würde dir großes Unrecht tun, wie es denn fast immer geht, wenn man über Begebenheiten urteilt, die man nur zum Teil weiß. Du hast es sehr klug und verständig angegangen, dich in diese Wildnis zu ernähren und zu kleiden. Die Not hat deinen Ver-stand geweckt und geübt. Du wurdest aber nicht nur verständiger, sondern auch viel frömmer und besser.« Thomas, der mit großer Aufmerksamkeit zugehört und öfter mit dem Kopf wohlgefällig ge-nickt hatte, sprach: »Ja wahrhaftig, lieber Gottfried, frommer und besser bist du auf der Insel geworden. Weißt du noch, wie ich dir einmal gesagt habe, Gott werde dich noch in eine besondere Schule schicken? Das ist jetzt geschehen! Ja, die Leidensschule ist die beste Schule. In dieser Schule lerntest du Gott erst recht erkennen, zu ihm flehen, ihn lieben und ihm für seine Wohltaten danken. Unter ande-rem freut es mich, dass du, nachdem einmal die Liebe zu Gott in deinem Herzen reger geworden, sogar auf dieser Insel Spuren der Güte und Freundlichkeit Gottes gefunden hast, obwohl hier nur

Tannenbäume und Moos und nur solche Blumen wachsen, die sich wohl schwerlich jemand zu einem Blumenstrauß wählen würde. Wieviel mehr Gelegenheit hätten wir, in unsern Gärten und Feldern Gottes Weisheit und Güte bald in einem blühenden Rosenstrauch, bald in einem Apfelbaum voll Blüten und Früchte, bald auf einer grünen, bunten Wiese, bald auf einem goldenen Ährenfeld zu bewundern! – Auch das freut mich, dass du die Wohltaten, die Gott den Menschen erweiset, mehr schätzen lerntest. Wenn du nicht aus der menschlichen Gesellschaft einige kleine Hausgeräte mitgebracht, ja, wenn du nicht wenigstens einen Nagel oder eine Stecknadel gehabt hättest, so wärest du auf deiner Insel umgekommen. Ebenso übel, ja noch übler wäre es für dich gewesen, wenn du, bevor du hierher gekommen bist, nicht den lieben Gott durch fleißigen, sorgsamen Unterricht hättest kennenlernen. Ohne diese Erkenntnis Gottes hättest du verzweifeln müssen. – Noch ganz besonders aber gefallen mir in deiner Geschichte das Würmlein im Schnabel jenes Vögeleins und der Rauch, der von deiner Insel aufstieg. Was könnte geringer sein als ein Würmlein, was nichtiger als ein Rauch! Allein jenes Würmlein brachte dich auf den Gedanken, Fische zu fangen, und rettete dich vom Hungertod. Jener Rauch aber war uns wie ein Zeichen vom Himmel, dass hier eine Insel sein und auf dieser Insel jemand leben müsse, und dass dieser Jemand wohl gar unser lieber Gottfried sein könne. Dieser Rauch machte aller deiner Not ein Ende. Das ist Gottes Finger! Durch so kleine Mittel weiß Gott große Dinge auszuführen. Seine heilige Vorsicht sei gepriesen.«

Alle schwiegen und beteten in ihrem Herzen Gott an, der seine göttliche Weisheit in den menschlichen Begebenheiten so herrlich offenbart. Über eine Weile sagte Gottfried: »Der Rauch von dem Brand hier war also die Ursache, dass ihr zu mir von dem festen Land herübergekommen seid! Mein Gott, ich hielt diese Feuersbrunst für mein größtes Unglück! Ich sann recht ernstlich nach, was für ein Glück daraus entstehen könnte. Allein mir fiel nichts ein. Nun aber sehe ich klar, dass sie mein größtes Glück war. Da trifft es wohl recht zu: Glück aus Unglück! Ja wahrhaftig, Gott weiß alle Dinge zum Besten zu lenken!« – »Wohl wahr«, sagte Thomas; »deshalb wollen wir bei jedem Unglück denken, dass über kurz oder lang etwas Gutes daraus entstehen werde, und wollen uns bei allen traurigen Begebenheiten getrost in den göttlichen Willen ergeben.«

Gottfried fragte hierauf, ob man den Rauch von der Insel bis auf dem festen Land gesehen habe. »Nein, das wäre wohl nicht möglich!« sagte der Vater und erzählte hierauf, wie er auf die grüne Insel hinüber gefahren sei und weil die Nüsse eben reif waren, nicht nur Andreas, sondern auch Martha mitgenommen und auf ihr Bitten mit ihnen den Berg jener Insel bestiegen habe. Gottfried sprach: »Weißt du noch, lieber Vater, was du mir unter jenem Nussbaum für ein schönes Gleichnis gesagt hast? Du sagtest: Jedes Leiden gleiche einer Nuss, die unter bittern und harten Schalen einen süßen Kern verberge. Du hattest vollkommen recht. Meine Versetzung auf diese Insel war für mich wohl recht hart und bitter; allein nun finde ich endlich den süßen Kern. Mein Aufenthalt dahier war für mich sehr heilsam; meinem Leiden folgte nun Freude.« Peter lachte und sprach: »Solche bittere, harte Nüsse sind mir in dem menschlichen Leben schon viele vorgekommen. Wenn mir wieder eine zum Aufknacken vorgelegt wird, so will ich allemal an dieses Gleichnis denken.«

Gottfried zeigte nun seinem Vater und den zwei Männern seine Höhle, seine Quelle, sein Fischbehältnis, und erbot sich, sie mit Fischen zu bewirten. »Das sind herrliche Fische«, sagte Peter; »die verschmähen wir nicht. Allein du musst heute unser Gast sein. Wir haben uns wohl mit Speisen versehen. Ich will indes dort auf jenem bequemeren Wege, als auf dem wir kamen, zum Schiff gehen und Anstalten zur Mahlzeit machen!« Er eilte zu dem Schiff, dessen Mastbaum er hinter einem fernen Felsen emporragen sah. Die andern gingen ihm langsam unter vertraulichen Gesprächen nach. Als sie dort ankamen, sagte Peter: »Dieser schöne grüne Moosplatz dient zugleich zur Tafel und zu Sesseln und die Speisen sind bereits aufgetragen.« Wirklich waren Brot, Milch, Butter, kalter Braten, gebackene Fische und andere Speisen im Überfluss vorhanden. Als Gottfried das Brot erblickte, war er darüber mehr als über alle anderen Speisen erfreut. Er fing an, vor Freude zu weinen, küsste es und sagte: »Oh was ist das liebe Brot für eine herrliche Gabe Gottes! Drei Jahre schon habe ich mich danach gesehnt. Es ist die kräftigste Nahrung für den

Menschen. Wie danke ich Gott, dass ich nun wieder eines sehe! Wir sollten nie ein Stücklein Brot essen, ohne Gott dafür zu danken!«

Sie setzten sich nun zusammen, aßen und waren sehr vergnügt. Das Gespräch ging ihnen nicht aus, wiewohl es bereits dunkel geworden und der Mond die Schüsseln und Krüge und die Gäste so hell beleuchtete, dass sich ihre Schatten sehr merklich auf dem grünen Grund abbildeten. Da sprach endlich Thomas: »Für heute ist es genug! Morgen wird sich, soviel ich merke, der Wind drehen, und dann fahren wir unverzüglich nach Hause. Die lieben Unsrigen sind gewiss sehr in Sorgen und warten mit Schmerzen auf uns. Darum wollen wir uns jetzt zur Ruhe begeben, damit wir morgen recht früh aufstehen können.« Thomas und Peter begaben sich in das Schiff und machten aus dem Segel eine Art von Zelt, um darunter zu schlafen. Gottfried und sein Vater aber gingen in die Höhle, um dort zu übernachten. Gottfried freute sich herzlich, seinen lieben Vater, den er hier öfter im Traum geschaut, nun wirklich in seiner Höhle zu sehen. Sie redeten hier noch lange miteinander und schliefen, nachdem sie Gott noch einmal für diesen so glücklichen Tag gedankt hatten, erst lange nach Mitternacht ein.

Am folgenden Tag mit Anbruch der Morgenröte kam Peter zur Höhle und rief hinein: »Eilig steht auf und kommt heraus! Es weht ein so günstiger Wind, wie wir uns nur wünschen können. Wir wollen auf der Stelle das Schiff besteigen und nach Hause fahren.« Beide kamen sogleich aus der Höhle heraus. Gottfried aber sagte: »Wartet noch einige Augenblicke! Bevor ich diese Insel verlasse, muss ich Gott noch danken, nicht nur für alle Wohltaten, die er mir diese drei Jahre hindurch hier erwiesen hat, sondern auch für alle Leiden, die er über mich hat kommen lassen!« Er kniete vor seinem Hausaltar, dem Felsen mit dem Kreuz, nieder, und dankte Gott mit gerührtem Herzen und vielen Tränen. Das gefiel seinem Vater und auch dem wackern Peter so wohl, dass sie auch niederknieten und voll Andacht beteten.

Hierauf gingen alle drei an das Ufer des Meeres. Thomas hatte indes ein grünes Tannenbäumchen abgehauen und war eben beschäftigt, es reichlich mit blauen und weißen, roten und gelben Bändern zu zieren, die er in einer Schachtel mitgebracht hatte. Gottfried fragte verwundert, was er mit dem schön geputzten Bäumchen machen wolle. Thomas sagte: »Ich habe deiner bekümmerten Mutter bei unserer Abfahrt versprochen, wenn wir so glücklich sein würden, dich zu finden, ein Freudenzeichen auf dem Schiff aufzustecken. Oh wie wird die gute Mutter sich freuen, wenn sie dieses erfreuliche Zeichen nun bald von weitem erblicken wird!« Er steckte das grüne, bunt gezierte Bäumchen auf die Spitze des Mastbaumes. Peter hatte indessen das Frühstück aufgetragen. Nachdem sie gefrühstückt hatten, stiegen sie in das Schiff und fuhren ab. Die Heimfahrt ging schnell und glücklich vonstatten. Als sie dem festen Land näher kamen und Gottfried sein väterliches Haus erblickte, klopfte ihm vor Freude das Herz.

Aber auch auf dem Land kam alles in freudige Bewegung. Gottfrieds Mutter und Geschwister standen schon lange am Ufer, streckten, sobald sie ihn erblickten, ihm die Arme entgegen und riefen ihm freundliche Grüße zu. Alle Einwohner des Dorfes, groß und klein, liefen zusammen. »Wahrhaftig, sie bringen ihn!« riefen sie, und alle eilten dem Ufer zu. Als Gottfried ans Land stieg, erhob die ganze Menge von Menschen ein Freudengeschrei. Die Freude der Mutter aber war unbeschreiblich, ihren lieben Gottfried, den sie drei Jahre lang für tot gehalten, wieder lebend in ihre Arme zu schließen. Sie benetzte sein Angesicht mit Freudentränen. Auch Martha und Andreas hatten eine große Freude. Die kleineren Geschwister aber kannten ihren Bruder Gottfried nicht mehr und seine fremde Tracht machte sie anfangs etwas scheu und schüchtern gegen ihn. Allein die Eltern ermunterten sie, ihn freundlich zu grüßen, und so wurden sie bald zutraulicher gegen ihn und drängten sich freudig um ihn herum. Männer und Weiber, Jünglinge und Jungfrauen boten ihm von allen Seiten her die Hände, hießen ihn tausendmal willkommen und wünschten ihm Glück zu seiner Ankunft. Gottfried weinte vor Freude. »Mein Gott«, rief er, »ich kann mir keine größere Freude denken! Nur jene Freude kann größer sein, wenn wir einst in den Himmel kommen und dort von den Seligen, vorzüglich von unsern lieben Freunden und Anverwandten, die uns dahin vorausgegangen sind, so liebreich und freundlich aufgenommen werden!«

Gottfrieds Mutter war sehr begierig, seien Geschichte zu verneh-
men. Sie wollte deshalb mit ihm jetzt nach Hause gehen. Allein die
Leute gaben dieses nicht zu. »Wir wollen die Wunderdinge, die ihm
begegneten, auch hören!« riefen sie, und führten ihn unter die große
Linde in der Mitte des Dorfes, baten ihn, damit ihn alle sehen
könnten, sich auf die Bank zu stellen und seine Geschichte zu erzählen. Alle drängten sich um ihm; aller Augen waren auf ihn gerichtet.
Sie hatten an dem jugendlichen Einsiedler, der gegen alle so freundlich
war, große Freude. Sie flüsterten einander in das Ohr und einige
sagten wohl auch laut: »Die Einsiedler, die wir bisher gesehen haben,
waren bereits alt und hatten ein runzliges Gesicht, einen kahlen Kopf
und einen langen Bart; dieser aber sieht mit seinem jugendlich blühenden Angesicht und seinen glatten Wangen gar lieblich aus; seine
gescheitelten Haare wallen in geringelten Locken über die Schultern
herab, und der lange braune Rock steht ihm recht gut.«

Als nun alle still waren, fing Gottfried an zu erzählen. Er war anfangs etwas ängstlich, als ein Knabe vor so vielen Menschen zu reden;
allein sein volles Herz machte es ihm leicht. Er redete mit so vieler
Empfindung und so großem Nachdruck, dass die Leute ihm mit
Freuden zuhörten. Er erzählte, wie er in Gefahr gewesen sei, zu er-
trinken, zu verdursten, zu verhungern, zu erfrieren; wie er krank geworden und wie das Feuer alle seine kleine Habe verzehrte und er
aufs neue den Hungertod zu befürchten hatte; wie aber Gott, auf den
er vertraute, ihn aus allen Gefahren errettet habe. Er beteuerte mit
weinenden Augen und zum Himmel erhobenen Händen, dass er
seinen Aufenthalt auf jener einsamen Insel für die größte Wohltat
Gottes ansehe; dass ihm auf jenen unfruchtbaren Felsen das schönste
Glück aufblühte, das Glück, Gott näher kennenzulernen; ja, dass jene
aus dem Meer hoch emporragenden Felsen ihm eine hohe Schule
waren, auf der er gerade das Wichtigste lernte – wie er sich von seinen Fehlern losmachen und ein guter Mensch werden solle. »Wahrhaftig«, sprach er mit gerührtem Herzen, »ich danke Gott ebenso
innig dafür, dass er mich auf jene Insel geführt, als dass er mich von
dort wieder zurück geführt hat.«

Er versicherte noch besonders, dass er auch das Glück, unter
Menschen zu wohnen, erst dort in seiner tiefen Einsamkeit und Ab-

geschiedenheit recht habe schätzen lernen; er bezeigte seine Freude, sich wieder in Mitte von Freunden, Nachbarn und Bekannten zu befinden; er grüßte alle noch einmal auf das Herzlichste und schloss mit einem inbrünstigen Dankgebet zu Gott. Alle seine Zuhörer bezeigten ihm während seiner Erzählung durch Kopfnicken, Tränen und zuweilen mit lautem Zuruf die herzlichste Teilnahme an seinem Schicksal, stimmten am Ende in seinen Dank mit ein und gingen Gott lobend und preisend auseinander.

Gottfried aber ging nun mit seinen Eltern und Geschwistern in sein väterliches Haus, dessen Schwelle er, nach so langer Zeit, mit Freudentränen im Auge betrat. Als er und sein Vater in die Stube kamen, fanden sie zu ihrer Verwunderung eine zierlich gedeckte, wohlbestellte und mit Blumen geschmückte Tafel. Der reiche Thomas hatte eine Freudenmahlzeit veranstalten lassen, um die sorgsame Mutter an dem heutigen Tag aller Sorgen und auch aller Kosten zu überheben. Gottfried musste sich zwischen seine hocherfreuten Eltern setzen, neben diesen saßen auf einer Seite Thomas und auf der andern Peter; dann folgten Martha und Andreas und die übrigen Kinder. Es wurden mancherlei Speisen aufgetragen, dergleichen Gottfried seit drei Jahren nicht mehr zu sehen bekommen hatte; und er genoss sie mit herzlichem Dank gegen Gott. Am meisten erfreuten ihn, da er seit drei Jahren keine andern Baumfrüchte als Tannenzapfen gesehen hatte, die Körbchen voll roter Äpfel, gelber Birnen, blauer Pflaumen und brauner Nüsse, und vorzüglich die herrlichen blassgelben und rötlichblauen Trauben. »Auch diese köstlichen Früchte«, sagte er, »findet man nur, wo Menschen wohnen. Ohne den menschlichen Fleiß wäre auch die Gegend, unser Dorf, wohl so unfruchtbar wie die Insel, auf der ich wohnte. Wo ich hinsehe, finde ich neue Ursache, mich zu freuen und Gott zu danken, dass ich mich wieder unter Menschen befinde.«

Als man von der Mahlzeit aufgestanden war, holte Gottfried den Bündel seiner alten abgelegten Kleider herbei, den er in einer Ecke der Stube hingelegt hatte, und sagte: »Da habe ich euch, liebste Eltern und Geschwister, etwas von meiner Insel mitgebracht.« Den Eltern wollte dies nicht gefallen, seine Geschwister lachten, Thomas schüttelte den Kopf, und Peter sagte: »Pfui, Gottfried; was soll das heißen?

Diese alten Lumpen hättest du wohl auf deiner Insel dürfen liegen lassen.« Allein Gottfried lächelte, knüpfte den Bündel auf und nahm seine Binsenkörbchen heraus. Sie waren, da er sie zutiefst in seiner Höhle aufbewahrt hatte, der Feuersbrunst glücklich entgangen, und er hatte sie, bevor er die Insel verließ, heimlich in seine alten Kleider eingepackt. Er stellte nun die Körblein auf den Tisch und nahm den Deckel ab. Alle Umstehenden verwunderten sich über die Menge silberheller Perlen und hochroter Korallen, mit denen die Körblein angefüllt waren. »Ei, ei!« sprach Thomas erstaunt, »da hast du ja große Schätze mitgebracht, lieber Gottfried! Diese Perlen sind mehrere tausend Gulden wert. Denn es sind viele von außerordentlicher Größe und Schönheit darunter. Auch die Korallen haben keinen geringen Wert. Nun ist euch, ihr lieben Gevatter, aus aller Not geholfen! Ihr könnt die Schulden, mit denen ihr euer Gütchen angetreten habt, vollends abtragen, und noch dazu eure Kinder reichlich ausstatten.«

»Nein, nicht so!« sprach Gottfrieds Vater; »ihr zwei braven Männer, Thomas und Peter, habt die Gefahren dieser Reise brüderlich mit mir geteilt; ihr sollt auch diese Schätze mit mir teilen. Ohne eure treue Hilfe hätte ich weder meinen Gottfried mehr gefunden noch von diesen Perlen und Korallen etwas gesehen. Hier mache ich drei Häuflein daraus und lasse zuerst dem Thomas und dann dem Peter die Wahl, welches jeder wolle. Ich aber behalte dann das dritte für mich, mein Weib und meine Kinder.«

Von jenen Männern, die sich geweigert hatten, mit Gottfrieds Vater nach der Insel zu fahren, waren gegen Ende der Mahlzeit zwei ungeladen in die Stube gekommen, um noch einen oder den anderen guten Bissen zu erschnappen. »Zum Henker«, rief der eine, der um hundert Gulden hatte mitfahren wollen, »da hätten sich mehr als hundert Gulden verdienen lassen. Ich möchte mir alle Haare ausreißen, dass ich nicht mitfuhr!« – »Ei«, sprach der andere, der seine Haut für tausend Gulden nicht hätte daran wagen wollen; »nicht nur hundert, mehr als tausend Gulden wären da zu gewinnen gewesen, und dafür hätte ich meine Haut schon gewagt.« – »Geht, geht«, sagte Thomas, »ihr seid mit Haut und Haar nicht viel wert, ihr kleinen, eigennützigen Seelen, die ihr für eure Nebenmenschen keine Hand und keinen Fuß bewegen wollt, wenn man euch nicht dafür bezahlt. Es geschieht euch recht, dass ihr leer ausgeht.«

»Was aber mich betrifft«, sprach Thomas weiter, »so nehme ich diese Perlen nicht an! Gottfried hat sechs Geschwister, und seine Eltern sind arm. Ich hielte es für eine Sünde, ihnen auch nur eine einzige Perle abzunehmen. Ich habe so viel, als ich brauche, und verlange nicht mehr. Der Peter da muss aber das ihm zugedachte Ehrengeschenk annehmen. Er steckt wirklich in großer Not, und es ist billig, dass ihm geholfen und er für seinen Mut, mit dem er sich einer nicht geringen Gefahr aussetzte, belohnt werde.« Peter nahm die reichliche Belohnung mit gerührtem Herzen an. Die dankbaren Eltern redeten dem Thomas noch einmal zu, die ihn treffenden Perlen und Korallen nicht auszuschlagen. Er aber sagte: »Lasst es gut sein! Ich achte dergleichen Dinge wenig. Die Perlen und Korallen sind das geringste, was Gottfried von seiner Insel mit nach Haus bringt. Er hat sich dort noch köstlichere Schätze erworben – Erkenntnis Gottes, Vertrauen auf Gott, Liebe zu Gott und den Menschen! Das sind die rechten Perlen, von denen auch das Evangelium redet. Nach diesen Perlen wollen wir trachten! – Ich bekenne es frei, ich bin durch Gottfrieds Geschichte in vielem Guten, besonders im Vertrauen auf Gott, mächtig gestärkt worden, und dieses ist mir ein hinreichender Gewinn, gegen den ich alle Perlen des weiten Meeres und alle Korallen der Felsen am Meer für nichts achte. Ja, meine lieben Freunde, Gottes Gnade und Barmherzigkeit ist unermesslicher und unergründlicher als das Meer, aus dem diese Perlen hier kommen; unser Vertrauen auf ihn stehe denn unerschütterlich fest, wie jene Korallenfelsen dort im Meer, die niemals wanken.«

Gottfried trat nun wieder in die menschliche Gesellschaft ein. Was er auf seiner Insel durch einsames Nachdenken gelernt hatte, das übte er nun aus. Er kleidete sich nun wieder gleich den übrigen Jünglingen im Dorf und half seinem Vater Körbe flechten und seinem Taufpaten Thomas fischen. Er ward das Muster eines tugendhaften Jünglings und die Freude und Stütze seiner Eltern. Thomas, der keine Kinder hatte, übergab ihm sein Gut und sein Fischereigewerbe. Gottfried ward ein sehr frommer, edler Mann, voll Liebe zu Gott und den Menschen; er wurde als der rechtschaffenste Hausvater und der größte Wohltäter der Armen in Dorf allgemein geschätzt, und sein Andenken blieb im Segen.

Das Täubchen

1. Mutter Ottilia und ihre Tochter Agnes

Auf dem alten Bergschloss Falkenburg lebte vor mehreren Jahrhunderten der tapfere Ritter Theobald mit seiner frommen Gemahlin Ottilia. Der Ritter war ebenso edelmütig als tapfer. Alle Bedrängte weit umher im Land nahm er in seinen mächtigen Schutz und verlangte dafür nicht einmal einen Dank. Das Vergnügen, Menschen zu beglücken, war ihm schon Lohnes genug. Frau Ottilia spendete reichliche Gaben unter die Notleidenden aus. Sie besuchte die Kranken in den Hütten der benachbarten Täler, und ihr Schloss war der sichere Zufluchtsort aller Armen, die nur immer einer Hilfe wert waren. Auch Agnes, das einzige Kind dieser trefflichen Eltern, ein Fräulein von etwa acht Jahren, war die lautere Güte und Freundlichkeit gegen die Menschen. Sie kannte keine größere Freude als andern Freude zu machen. Eltern und Tochter wurden allgemein verehrt und geliebt, und wer nur den hohen Turm der Falkenburg von fern erblickte, segnete in seinem Herzen die edlen Menschen, die hier wohnten und Gutes taten. Wirklich ruhte auch der Segen Gottes recht sichtbar über Theobald, Ottilia und Agnes. Soviel sie hergaben und austeilten, so hatten sie doch nie Mangel. Sie gehörten unter die wohlhabendsten adeligen Familien im Land.

Einmal, an einem schönen, heitern Sommertag, gingen Frau Ottilia und Fräulein Agnes nach Tisch in den Garten, der sich unten am Abhang des Berges befand. Ein kleines Pförtchen in der Mauer des Schlosshofes und viele steinerne Staffeln führten dazu hinab. Der Garten gewährte einen überaus lieblichen Anblick. Sie bemerkten mit Freude, wie hier der bläulich-grüne Kohl so schön stand und dort die zarten Rosenknospen sich öffneten; wie da die Bohnen hoch emporrankten und dort die Kirschen bereits hellrot zwischen den dunkelgrünen Blättern hervorglänzten. Sie standen eine Weile bei dem Springbrunnen in Mitte des Gartens still und ergötzten sich an dem Spiel des Wassers, das im Glanz der Sonne hell wie Kristall emporsprang und in tausend funkelnden Tropfen von allen Farben des Regenbogens wieder herabfiel. Hierauf setzten sie sich in eine schattige Reblaube von zierlichem Gitterwerk und arbeiteten mit vereintem Fleiß an einem Kleid für eine arme Waise. Alles im Garten war still und ruhig; nur eine Grasmücke sang auf den Zweigen eines nahen Baumes von Zeit zu Zeit ungemein lieblich, und von dem Springbrunnen her tönte unausgesetzt das angenehme Plätschern des Wassers.

Da flog etwas so plötzlich, dass sie gar nicht sehen konnten, was es sei, in die Laube herein. Beide blickten erschrocken auf. Augenblicks kam in stürmender Eile ein großer Raubvogel nachgeflogen und schwebte mit weit ausgebreiteten Flügeln am Eingang der Laube. Da er aber Leute sah, machte er sich ebenso schnell wieder davon. Agnes saß so schüchtern da, dass sie sich nicht umzusehen getraute, was das wohl sein möge, das so geschwind in die Laube hereingeflogen war. Allein die Mutter sagte lächelnd: »Fürchte dich nicht! Es ist wohl nichts als irgendein Vögelein, das sich vor dem Stoßvogel hierher geflüchtet hat.« Sie sah nach und rief: »Ei sieh doch, ein schneeweißes Täublein! Es hat sich in seiner Angst da gerade hinter dir versteckt.« Sie nahm es, blickte Agnes forschend an und sagte: »Auf den Abend will ich dir das Täublein braten.«

»Braten?« rief Agnes erstaunt und griff mit beiden Händen nach dem Täubchen, als wollte sie es dem angedrohten Tod entreißen. »Nein, liebe Mutter«, sagte sie, »das war nicht dein Ernst! Das arme Tierchen hatte seine Zuflucht zu mir genommen – wie könnte ich es töten? Oh sieh doch, wie schön es ist! In der Tat, es ist so weiß wie Schnee, und seine Füßchen, sieh nur, sind so schön rot wie Korallen. Ach sieh, wie ihm noch das Herz schlägt! Es blickt mich mit seinen unschuldigen Äuglein so flehentlich an, als wollte es sagen: Tue mir nichts! – Nein, liebes Tierchen, ich tue dir nichts zuleid. Du sollst dich nicht umsonst zu mir geflüchtet haben. Du sollst es gut bei mir haben.«

»Recht, liebes Kind«, sagte die Mutter freundlich. »Du hast meinen Sinn getroffen. Ich wollte dich nur prüfen. Bring das Täublein auf dein Zimmer und versorge es mit Futter. Die Unglücklichen, die ihre Zuflucht zu uns nehmen, dürfen wir nicht verstoßen. Wir müssen gegen alle Notleidenden mitleidig und auch gegen die Tiere barmherzig sein.«

Die Mutter ließ ein kleines, artiges Taubenhaus mit rotem Dach und grünen Gitterstäben machen. Agnes stellte es in eine Ecke ihres Zimmers und wies es dem Täubchen zur Wohnung an. Sie gab ihm täglich reichliches Futter nebst frischem Wasser und versah es von Zeit zu Zeit mit reinem Sand. Das Täubchen gewöhnte sich bald an Agnes und wurde ungemein zutraulich und heimisch. Sobald Agnes die Türe des niedlichen Käfigs öffnete, flog das Täubchen heraus und pickte ihr die Körnlein, die sie ihm vorhielt, aus der Hand. Sie brauchte auch das Häuschen nicht mehr zu verschließen. Das Täubchen hielt sich schon selbst gern darin auf.

Wenn der Morgen anbrach und Agnes noch schlief, da kam das Täubchen auf ihr Kopfkissen geflogen, weckte sie und ließ ihr keine Ruhe mehr, bis sie aufstand und es fütterte. Agnes beklagte sich bei ihrer Mutter darüber und sagte: »Ich weiß aber schon, was ich tue, damit die ungestüme Taube mich nicht mehr im Schlaf störe. Ich werde künftig das Türchen des Käfigs alle Abende fleißig verriegeln, damit sie morgens nicht heraus kann.« – »Nicht doch!« sagte die Mutter. »Lerne vielmehr von dem Täublein früh aufstehen. Früh aufstehen ist gesund und macht einen fröhlichen Sinn. Oder müsstest du dich denn nicht schämen, wenn du träger wärest als eine Taube?« So gewöhnte sich Agnes an das frühe Aufstehen.

Einmal saß Agnes an dem offenen Fenster und nähte. Das Täubchen pickte zu ihren Füßen einige Brosamen auf. Allein plötzlich flog es auf – und zum Fenster hinaus und setzte sich auf das nächste Dach. Agnes erschrak und tat einen lauten Schrei; die Mutter kam und fragte, was es gebe. »Ach, mein Täublein!« sagte Agnes und zeigte weinend auf das Dach, wo das Täubchen saß und sich sonnte. »Locke ihm einmal!« sagte die Mutter. Agnes tat es – und augenblicklich flog das Täubchen wieder herab und setzte sich ihr auf die ausgestreckte Hand. Agnes war über diese Folgsamkeit entzückt. Die Mutter aber sagte: »Sei du gegen mich auch immer so folgsam wie das Täublein gegen dich; dann werde ich noch eine größere Freude haben, als du jetzt empfindest. Nicht wahr, diese Freude machst du mir?« Agnes versprach es – und hielt Wort. Sie wurde das folgsamste Mädchen.

Eines Tages hatte Agnes im Garten ihre Blumen und auch mancherlei Gemüse begossen. Müde von der Arbeit, setzte sie sich zu ihrer Mutter auf die grüne Bank nächst dem Springbrunnen. Das Täubchen, das jetzt so zahm war, dass Agnes es überall frei herumfliegen ließ, kam herbeigeflogen, an dem Brunnen zu trinken. »Sieh nur, Mutter«, sagt Agnes, »wie vorsichtig es von einem bemoosten Stein zum andern tritt! Wie sorgfältig es sich vor dem Schlamm zwischen den Steinen in acht nimmt! Wie reinlich das Tierchen ist! Die weiße Farbe ist am schwersten rein zu bewahren – und doch sieht man nie das geringste Fleckchen an den blendend weißen Federn des achtsamen Tierchens.« – »Und wie unachtsam Agnes bisweilen ist!« sagte die Mutter und zeigte auf das lange weiße Kleid des Fräuleins. Agnes hatte, als sie am Springbrunnen mit der Gießkanne Wasser schöpfte, ihr Kleid nicht genug in acht genommen. Sie errötete, und von nun an glich ihr weißes Kleid immer dem reinen, neugefallenen Schnee.

Agnes hatte einst mit ihrer Mutter eine kleine Reise gemacht, auf der sie sehr viele Freuden genoss. Als sie abends zurückkam, flog das Täubchen ihr sogleich entgegen und zeigte eine sichtbare Freude über ihre Zurückkunft. »Es hat den ganzen Tag um Euch getrauert«, sagte eine Magd, »und Euch überall gesucht. Ich muss mich wundern, dass ein Tierchen, das doch keine Vernunft hat, seine Wohltäterin erkennt und ihr so ergeben ist.« – »Es ist wahr«, sagte Agnes, »für die wenigen Körnlein, die ich ihm täglich streue, könnte es nicht dankbarer sein.« – »Bist du aber«, sprach die Mutter, »auch immer so dankbar? – Sieh, du hast heute so viele Freuden genossen! Hast du Gott auch schon dafür gedankt? Lass dich doch nicht von einem Tierchen beschämen.« Agnes hatte diesmal noch nicht daran gedacht, Gott zu danken. Von nun an ging sie aber nie mehr zur Ruhe, bevor sie Gott für die Freuden und Wohltaten des Tages ihren innigsten Dank dargebracht hatte.

»Du liebes Tierchen!« sagte einst Agnes, frühmorgens an ihrem Arbeitstischchen sitzend, zu ihrer Taube, die an dem Rand des Tischchens saß und mit den klaren, schuldlosen Augen freundlich zu ihr aufblickte. »Ich habe nun von dir schon manches gelernt und bin dir vielen Dank schuldig.« Die Mutter sagte: »Das Schönste, was du von ihr lernen kannst, ist doch noch übrig. Sieh, die reine, weiße Taube ist ein liebliches Bild der Unschuld. Sie ist ohne Falsch, ohne Trug und Verstellung, rein von Arglist, ungekünstelt und ohne alle Ziererei. Unser göttlicher Erlöser drückte dieses alles mit einem einzigen Wort aus, indem er sprach: Seid einfältig wie die Tauben! Oh möchte diese edle Einfalt immer dir eigen sein! Möchten Trug und Verstellung und alles Böse immer fern von dir bleiben! Gott gebe, dass man von dir sagen könne: Agnes ist schuldlos und ohne Falsch, wie eine Taube.« Wirklich konnte man dieses auch mit Wahrheit von ihr sagen.

2. Rosalinde und ihre Tochter Emma

Einmal war Ritter Theobald von einem Zug gegen eine zahlreiche Räuberbande zurückgekommen, die das ganze Land in Schrecken gesetzt hatte. Vergnügt und fröhlich über den glücklich vollbrachten Zug saß er abends bei einem Becher Wein, und erzählte, wie er mehrere Räuber eingefangen und den Gerichten überliefert, die übrigen aber zersprengt habe, so dass nun wieder Ruhe und Sicherheit im Lande sei. Die Erzählung währte etwas lange. Ottilia und Agnes hatten daher ihre zierlichen Spinnrädchen herbeigeholt, spannen sehr emsig und hörten ihm aufmerksam zu. Es wurde ziemlich spät, und das angezündete Licht brannte bereits auf dem Tisch. Da trat eine ansehnliche, schöne Frau in schwarzer Kleidung und mit blassen Wangen in das Zimmer und führte ein kleines Fräulein, das auch schwarz gekleidet war, an der Hand. Der Ritter, Ottilia und Agnes standen auf, die fremde Frau, die sie nicht kannten, zu begrüßen.

Die Frau aber sprach unter vielen Tränen: »Gott grüße Euch, sehr edler Ritter! Obwohl ich Euch noch nie von Angesicht gesehen habe, so nehme ich dennoch meine Zuflucht zu Euch. Ich bin Rosalinde von Hohenburg, und dieses Kind ist meine Tochter Emma. Ihr wisst nun vielleicht, mit welchem großen Leid mich Gott heimgesucht hat. Mein seliger Mann, der gute Adalrich, Gott tröste ihn, ist an seinen

Wunden gestorben, die er in der großen Schlacht des vergangenen Jahres erhielt. Oh, wie vieles habe ich an ihm verloren! Es war ein sehr edler Mann, ein guter, liebevoller Gatte, der beste Vater! Doch Ihr habt ihn ja selbst gekannt. Er war übrigens so wohltätig gegen alle Dürftige, dass er uns keine Schätze hinterlassen konnte; er hinterlegte uns dafür einen Schatz im Himmel. Jetzt will man uns aber auch noch dasjenige nehmen, was wir zu unserm Lebensunterhalt notwendig haben. Meine Nachbarn, zwei habsüchtige Ritter, bedrängen mich sehr. Der eine will unter allerlei Vorwänden meine schönen, reichen Kornfelder und Wiesen bis unten an die Mauern des Schlosses an sich reißen. Der andere möchte gern die ansehnlichen Waldungen zur anderen Seite des Schlosses sich zueignen. Beide Ritter sind gegen mich ganz verändert. Die Habsucht, die soviel Böses auf Erden anrichtet, hat sie aus Freunden meines Mannes zu meinen Feinden gemacht. Mein seliger Adalrich sah das wohl voraus. Sterbend nannte er mir noch Euren Namen. Vertrau' auf Gott, sagte er, und auf Ritter Theobald, so wird dir kein Feind auch nur ein Haar krümmen. Erfüllt nun dieses Wort des Sterbenden. Ach, was sollte ich anfangen, wenn ich so um alle meine Güter käme und mir nichts übrig bliebe als die Schlossmauern! Von diesen Steinen könnte ich mit meiner Emma hier nicht leben. Solltet Ihr – was Gott verhüten wolle! – auch einmal das Schicksal meines Mannes haben, und sollten Eure Frau und Euer liebes Kind hier in eine ähnliche Not kommen wie ich, so werden sie dann auch einen Arm finden, der sie rettet.«

Die kleine Emma, die mit Agnes ungefähr von gleichem Alter war, näherte sich nun auch dem Ritter und sagte weinend: »Edler Mann! Seid mein Vater und verstoßt mich nicht!«

Ritter Theobald stand ernst da, hielt nach seiner Art mit der Hand das Kinn und blickte schweigend zur Erde. Agnes weinte und sagte: »Lieber Vater, erbarme dich ihrer! Sieh, als mein Täublein von dem Raubvogel verfolgt wurde und seine Zuflucht zu mir nahm, sagte die Mutter: ›Die Unglücklichen, die ihre Zuflucht zu uns nehmen, sollen wir nicht verstoßen.‹ Sie freute sich, dass ich mit dem armen Tierchen Mitleid hatte. Und dieses liebe Fräulein und ihre Mutter verdienen ja doch mehr Mitleid und Erbarmen als eine Taube. Errette sie aus den Klauen dieser bösen Ritter, die den Raubvögeln gleichen.«

Der Ritter antwortete gerührt: »Wohl, liebe Agnes, mit Gottes Beistand werde ich ihnen helfen. Mein Stillschweigen war nicht Hartherzigkeit; ich überlegte nur, wie ich die edle Mutter und das gute Kind retten könne.« Der Ritter holte für die edle Frau einen Sessel, und Agnes rückte einen für Emma herbei. Sie setzten sich. Frau Ottilia aber ging, der wegen unerwarteten Gäste eine etwas reichlichere Abendmahlzeit zu bereiten. Denn damals war es Sitte, dass die Rittersfrauen selbst die Küche besorgten.

Ritter Theobald erkundigte sich nun genau nach den Ursachen, aus denen die zwei Ritter so große Forderungen machten, und sagte am Ende: »Nun gut! Soviel ich sehe, habt Ihr vollkommen recht. Morgen mit Anbruch des Tages will ich mich, von einigen Reitern begleitet, aufmachen, um erst den Weg der Güte zu versuchen. Bleibt mit Eurer Tochter hier, bis ich zurückkomme; so könnt Ihr die guten Nachrichten, die ich Euch zu bringen hoffe, gleich selbst mit nach Hause nehmen.« Indessen wurde das Essen fertig. Sie aßen zusammen fröhlich zu Nacht, und am folgenden Morgen setzte sich Ritter Theobald zu Pferd und ritt mit seinen Leuten fort.

Agnes hatte eine große Freude, dass Fräulein Emma einige Tage dablieb. Sie führte das Fräulein auf ihr Zimmer und in den Garten und zeigte ihr ihren Kleiderkasten, ihre Blumen und ihre Taube. Beide Mädchen wurden bald herzliche Freundinnen; denn auch Emma war ein sehr gutgeartetes, wohlgezogenes Kind.

Nach einigen Tagen kam Ritter Theobald zurück. »Fröhliche Botschaft!« rief er, als er in das Zimmer trat. »Eure Feinde, edle Frau, sind von ihren ungerechten Forderungen abgestanden, und aller Streit hat nun ein Ende. Zwar auf meine Reden hätten sie wenig geachtet, so klar ich ihnen auch ihr Unrecht vor Augen legte. Als ich aber jedem, der Euch das kleinste Leid zufügen würde, Krieg ankündete, da gaben sie sich zur Ruhe. Seid nun getrost und guten Mutes, edle Frau! Kein Fremder wird nun von Euren schönen Feldern ernten oder in Euren Waldungen jagen und Holz fällen.«

Die trauernde Frau war hierüber sehr erfreut. Tränen des Dankes glänzten in ihren Augen. »Gott«, sprach sie, »der treue Beschützer der Witwen und Waisen, der nichts Gutes unbelohnt lässt, wolle es

Euch vergelten, was Ihr an mir und meinem Kind getan habt! Er wolle Euch vor Unglück bewahren und Euch aus jeder Not erretten.«

Sie machte nun Anstalt, nach Hohenburg zurückzukehren. Die beiden Fräulein nahmen Abschied und zerflossen in Tränen. Agnes wollte ihrer jungen Freundin ein Andenken geben. Emma hatte öfter den Wunsch geäußert, auch so ein zahmes Täubchen zu haben. Agnes brachte das Täubchen, drückte es an ihre nassen Wangen und gab es, so lieb sie es auch hatte, ihrer Freundin. Emma wollte es nicht annehmen. Es entstand ein freundschaftlicher Streit. Endlich musste Emma nachgeben. Agnes schenkte ihr nun überdies noch den zierlichen Käfig und empfahl ihr das Täubchen so angelegentlich, wie etwa eine Mutter ihr Kind empfiehlt, das sie fremden Händen anvertraut.

Als Emma fort war, wollte es Agnes fast gereuen, ihr liebes Täubchen verschenkt zu haben. »Ich hätte dem Fräulein lieber meine goldenen Ohrringe zum Andenken geben sollen!« sagte sie zu ihrer Mutter. Allein die Mutter sagte: »Das magst du ein andermal tun, wenn Emma uns wieder besucht. Für jetzt konntest du deiner kleinen Freundin nichts Schicklicheres geben. Ein reicheres Geschenk wäre ihr nicht so angenehm gewesen und hätte sie vielleicht nur gedemütigt. Ein Geschenk mit dem, was dir das Liebste war, obwohl es an sich wenig Wert hat, ehrte sie und war ihr ein Beweis deiner Liebe. Lass es dich also nicht reuen. Sieh, dein guter Vater war bereit, sein Leben daranzusetzen, der bedrängten Witwe zu helfen. Und so ist es ja schön, dass auch du deine liebste Freude dahingabst, die betrübte Waise zu erheitern. Wer nicht früh lernt, jedes zeitliche Gut, so lieb es ihm auch sei, für die Menschen zu opfern, wird sie nie wahrhaft lieben. Solche Opfer gehören aber unter die schönsten, die wir Gott darbringen können. Gott wird dir dieses dein Opfer dereinst herrlich belohnen.«

3. Zwei Pilger

Frau Rosalinde lebte mit ihrer Tochter Emma wieder ungestört, getrost und zufrieden in den Mauern ihres alten Schlosses, das tief in einem waldigen Gebirge lag. Da kamen eines Abends spät zwei Pilger an das Schlosstor und baten um Nachtherberge. Sie trugen dunkelbraune Pilgerkleider, führten lange Pilgerstäbe in der Hand und hatten nach Pilgerart Muschelschalen an ihren Hüten befestigt. Der Torwärter meldete sie bei Rosalinde an. Die Frau befahl, die zwei Männer in die untere Stube zu führen und ihnen ein Nachtessen und jedem einen Becher Wein zu reichen. Nach Tisch ging sie mit Emma zu ihnen hinab.

Die Pilger erzählten von dem gelobten Land. Alle Leute im Schloss hörten ihnen sehr aufmerksam zu. Fräulein Emma aber hatte über die wunderbaren Erzählungen eine gar ungemeine Freude. Tränen flossen über ihre Wangen, und in ihrem kindlichen Herzen regte sich der fromme Wunsch, das heilige Land auch einmal zu sehen, in dem einst unser Erlöser gewandelt. Sie bedauerte nur, dass dieser Wunsch wohl niemals in Erfüllung gehen werde.

»Liebe Emma«, sprach die Mutter, »wir können uns zu jeder Stunde in das gelobte Land begeben, den Ölberg und das heilige Grab besuchen; wir dürfen nur fleißig in der Geschichte Jesu lesen. Da begleiten wir den göttlichen Erlöser gleichsam auf jedem seiner wohltätigen Tritte, wir hören die Worte seines Mundes, wir sehen ihn leiden, sterben und auferstehen. Wenn wir seine Lehre, sein Beispiel, sein Leiden, seinen Tod und seine Verherrlichung uns recht zu Nutzen machen, so haben wir das gelobte Land in unserem Herzen. Ja, wenn alle Menschen seine Geschichte zu Herzen nähmen und seine Lehre getreulich befolgten, so könnte die ganze Erde ein heiliges Land werden.«

Die Pilger erkundigten sich hierauf nach der umliegenden Gegend, besonders aber nach dem Schloss Falkenburg. Sie lobten den Ritter Theobald über alle Maßen. »Wenn seine Burg nicht gar zu weit außer unserem Weg läge«, sagte der ältere der zwei Pilger, »und wenn ich hoffen könnte, ihn zu Hause zu finden, so ließe ich mich den Umweg nicht verdrießen.« Rosalinde versicherte ihm, dass ihr Weg nahe an Falkenburg vorbeigehe und dass Ritter Theobald, der erst vor ein paar Tagen von einem Ritt heimgekommen sei, ohne Zweifel noch zu Hause sein werde. »Nun, das ist mir sehr lieb«, sagte der Pilger. »Es soll mir eine Herzenslust sein, ihn in seinem Schloss zu treffen.

Ich habe gar manches mit ihm abzumachen. Morgen in aller Frühe geht es also nach Falkenburg.«

Mutter und Tochter gaben den Pilgern tausend freundliche Begrüßungen an Ritter Theobald, seine Frau und Tochter auf. Emma drückte jedem ein kleines Silberstück in die Hand, das die Mutter ihr zuvor gegeben hatte, und bat beide noch sehr angelegentlich, der Fräulein Agnes zu sagen, das Täublein befinde sich recht wohl. Da die wohltätige Rittersfrau aus den Gesprächen der Pilger vernommen hatte, dass sie des Weges unkundig seien, so befahl sie noch einem Dienstknaben, der in der Stube war, ihnen morgen früh den Weg durch das Gebirg zu zeigen, und wünschte ihnen hierauf gute Nacht.

Am folgenden Morgen reisten die Pilger ab. Der Knabe ging fröhlich mit und trug ihnen aus Gefälligkeit noch überdies die beiden Pilgertaschen nach. Die Pilger gaben auf den Knaben wenig acht und wanderten schweigend ihren Weg, der bald bergab, bald bergauf führte. Als sie wieder einen steilen Berg erstiegen hatten und der Fußsteig ebener wurde, fingen sie an, miteinander italienisch zu reden. Der Knabe, der sie begleitete, war aus Italien. Man nannte ihn in dem Schloss nur den kleinen Lienhard, obwohl er den Namen Leonardo, wie man ihn in seinem Vaterland hieß, lieber gehört hätte. Ritter Adalrich hatte ihn als einen armen Waisenknaben aus Barmherzigkeit mit nach Deutschland genommen. Obwohl der Knabe vollkommen Deutsch gelernt hatte, so verstand er seine Landessprache doch noch recht gut. Er horchte hoch auf und wollte den Pilgern eben seine Freude bezeigen, seine Muttersprache reden zu hören – als ihr Gespräch ihn mit Schrecken und Entsetzen erfüllte.

Er vernahm aus ihren Reden, dass sie keine wahren Pilger seien, sondern sich nur so verkleidet hatten, dass ihnen diese Gegend gar nicht so fremd sei, als sie vorgegeben; dass sie unter die Räuberbande gehörten, die Ritter Theobald so glücklich bekämpft hatte, und dass sie gegen ihn von Rache glühten; dass sie im Sinne hatten, sich unter dem Schein der Frömmigkeit in seine Burg einzuschleichen und ihn um eine Nachtherberge zu bitten; dass sie dann aber in der Nacht aufstehen, ihn mit Weib und Kind und allen den Seinigen ermorden und das Schloss plündern und in Brand stecken wollten.

Als sie Falkenburg zwischen zwei waldigen Bergen in bläulicher Ferne liegen sahen, sprach der ältere Räuber namens Lupo zu seinem Spießgesellen Orso: »Das ist also das abscheuliche Drachennest, wo der fürchterliche Mann wohnt, der so viele von unsern Leuten auf das Blutgerüst gebracht hat. Unter den schrecklichsten Martern soll er es mit dem Tod büßen. Wir wollen ihn binden und in den Flammen seiner Burg lebendig verbrennen.«

»Das Unternehmen ist aber doch etwas halsbrechend«, sagte Orso, der jüngere Räuber. »Wenn es fehl schlüge, so ginge es uns sehr übel. Indes sind die Schätze, die der Ritter aufhäufte, des Wagstückes wohl wert.«

»Ihn zu morden«, sprach Lupo voll grimmiger Rachgier, »ist mir eine größere Lust, als alle seine Reichtümer zu erbeuten, wiewohl ich diese auch nicht verachte. Gelingt uns dieser Streich noch, so sind wir reich genug. Wir geben dann unser Handwerk auf und wählen eine ruhigere Lebensart. Und da kommt mir eben jetzt ein herrlicher Einfall! Wir suchen uns aus den Kleidern des Ritters die prächtigsten aus und ziehen sie an. Du trägst seine goldene Halskette und ich sein Ritterkreuz mit edlen Steinen. Dann entfliehen wir in ein fernes Land, wo man uns nicht kennt, gelten dort für große Herren und lassen uns von den gesammelten Schätzen wohl sein.«

»Das wäre alles gut«, sagte Orso; »allein, ich weiß nicht, mir ist bei dem Handel doch bange.«

»Was bange!« sagte Lupo. »Ist nicht alles gut ausgekundschaftet und verabredet? Haben wir in der Gegend nicht Helfershelfer genug? Sobald wir, unserer Abrede gemäß, an dem Fenster der Pilgerstube die drei Lichter anzünden, so kommen uns sieben tapfere, rüstige Kerle zu Hilfe, die schon lange jede Nacht auf dieses Zeichen passen. Diese lassen wir dann durch das kleine Gartenpförtchen, das von innen leicht zu öffnen ist, in den Schlosshof. Einer darunter, der ehemals dort als Reitersknecht gedient hat, aber fortgejagt worden, kennt alle Gänge, Zimmer und Gewölbe des Schlosses so gut, als sein eigenes Haus. Und unserer neun werden dann wohl mit etlichen schlafenden Menschen fertig werden. Nur guten Muts! Es gelingt gewiss.«

Dem guten Leonardo schauderte es über diese gräulichen Anschläge. Er ließ sich indessen nichts merken, dass er ihre Sprache verstehe.
Er ging hinter ihnen her, pflückte Blumen und Kräuter ab und pfiff
auf einem Blatt ein Liedchen. In seinem Herzen flehte er aber inbrün-
stig zu Gott, er wolle die Anschläge der Bösewichter zunichte machen.
Auch nahm er sich vor, sie bis Falkenburg zu begleiten und dem
Ritter Theobald alles zu entdecken.

Indem die Räuber noch allerlei verabredeten, ihren Anschlag ins
Werk zu setzen, trat der ältere auf dem schmalen Fußsteig fehl und
wäre beinahe in eine Felsenkluft hinabgestürzt. Er blieb jedoch im
Fallen an einem Dornbusch hängen. Die Dornen rissen ihm das Pil-
gergewand auf, und Leonardo sah, dass er unter dem langen
schwarzbraunen Kleid ein scharlachrotes Wams und einen blanken
eisernen Brustharnisch trug. Auch entfiel ihm ein scharfgeschliffener
Dolch. Allein der Knabe tat, als hätte er nichts davon gesehen. Der
alte Bösewicht steckte den Dolch eilends wieder zu sich, knöpfte das
Gewand wieder zu und blickte den bangen Knaben öfters seitwärts
an – mit Augen so scharf wie Adlersaugen.

Jetzt kamen sie an einen fürchterlichen Abgrund, in dessen Tiefe
ein Gebirgsstrom brauste, der von langem Regen mächtig angeschwol-
len war. Zwei buschige Felsen hingen zu beiden Seiten über den
Strom herein, und ein langer, schmaler Tannenbaum, der nur auf
der obern Seite etwas behauen war, lag darüber hin und diente zum
Steg. Der alte Räuber sagte auf Italienisch zu seinem Gefährten: »Es
könnte doch sein, dass der Bube gemerkt hätte, ich sei bewaffnet,
und da könnte er leicht Verdacht geschöpft haben. Ich will ihm,
wenn er über den Steg geht, einen Stoß geben, dass er in den Abgrund
hinunter stürze. Dann sind wir ganz sicher.«

Dem armen Leonardo lief es eiskalt über den Rücken. Er blieb
mehrere Schritte von dem gefährlichen Steg stehen und sagte: »Da
getraue ich mich nicht hinüber; mich kommt jetzt schon ein
Schwindel an.«

Der alte Räuber sagte aber: »Fürchte dich nicht, Knabe! Komm
nur einmal her; ich trage dich hinüber.« Der alte Bösewicht ging mit
ausgestreckten Armen auf Leonardo zu, ihn zu ergreifen. Allein
Leonardo wich schreiend und jammernd zurück und war schon ge-

fasst, sobald der Räuber ihm zu nahe käme, in das Gebüsch zu entspringen. »Ach«, rief der zitternde Knabe, »lasst mich doch gehen! Wir könnten ja beide hinunterstürzen. Und wenn ich auch glücklich hinüberkäme, wie komme ich dann wieder herüber? Lasst mich nach Hause. Ihr braucht jetzt keinen Wegweiser mehr. Da ihr den Steg erreicht habt und es nicht mehr gar weit nach Falkenburg ist, so könnt ihr nicht mehr fehlen.«

Der jüngere Räuber schrieb die Angst des Knaben einzig dem schauerlichen Steg zu, vor dem ihm selbst graute, und sagte Italienisch: »Ich will mich hinunterstürzen lassen, wenn der einfältige Bube etwas gemerkt hat; und hätte er auch deinen Harnisch und Dolch gesehen – was ist's denn? Unsere Sprache versteht er doch nicht und weiß also nicht, was wir vorhaben. Auch würde man auf sein kindisches Geschwätz wenig achten oder doch wenig daraus machen. Lass den armen Tropf laufen!«

»Nun, meinethalben!« sagte der ältere. »Zu größerer Sicherheit wollen wir aber den Steg abwerfen. Dann dürfte der Bube alles wissen; er könnte unser Unternehmen doch nicht mehr hindern. Dort liegt Falkenburg. Viele Stunden den Strom hinauf und hinab ist keine Brücke. Es ist unmöglich, eine Nachricht herüberzubringen, bevor wir unser Werk ausgeführt haben.«

Die beiden Räuber nahmen ihre Pilgertaschen um, ließen den Knaben stehen und gingen, ohne ihm für die Begleitung zu danken, über den Steg. Als sie hinüber waren, schrie Lupo deutlich herüber: »Knabe, du hast recht; das ist ein böser Steg! Er ist von Alter morsch und halb verfault. Da könnte man leicht sein Leben einbüßen. Damit kein Unglück geschehe, wollen wir ihn wegschaffen. Die Leute werden dann schon einen bessern herbeischaffen.«

Die Räuber machten den schmalen Balken los; er stürzte mit großem Gepolter in den Abgrund, und der schäumende Fluss riss ihn wütend mit fort. Sobald die verkappten Pilger hinter einem Felsen, um den sich der Weg krümmte, verschwunden waren, fing Leonardo an zu laufen, was er vermochte, um die schreckliche Nachricht seiner gnädigen Frau zu überbringen. Denn er wusste sonst weit und breit keinen Menschen, der vielleicht die drohende Gefahr abwenden könnte.

4. Schrecken und Angst, Furcht und Hoffnung

Frau Rosalinde dachte in ihrem Schloss Hohenburg an nichts weniger als an das große Unglück, das ihrem Beschützer, dem edlen Theobald, drohte. Fräulein Emma redete nur immer von den schönen Erzählungen der Pilger und tat an ihre Mutter eine Menge Fragen über das gelobte Land. Beide besorgten den Tag hindurch ruhig ihre Geschäfte. Gegen Abend, da die Sonne nicht mehr so heiß schien und eine liebliche, kühle Luft wehte, gingen sie von dem Schlossberg hinab in das Tal, um ihre Äcker zu besehen. Alle Feldfrüchte standen herrlich. Einige Äcker prangten bereits mit gelben Ähren und versprachen eine reichliche Ernte; andere, mit Spätflachs bebaut, waren von der leiblichen Flachsblüte unvergleichlich schön blau. Mutter und Tochter hatten, da ihnen die Güter gleichsam wieder neu geschenkt waren, eine doppelte Freude daran, und dankten Gott noch einmal so herzlich für seinen reichen Segen.

Da kam Leonardo, der Knabe, der die Pilger begleitet hatte, mit Schweiß bedeckt und fast außer Atem dahergesprungen. »Oh gnädige Frau«, rief er und schlug die Hände zusammen, »was ist doch das Schreckliches! Die zwei Männer sind keine Pilger, sondern Räuber und Mörder. Sie wollen den Ritter Theobald mit allen den Seinigen ermorden und sein Schloss plündern und verbrennen.« Der Knabe war so entkräftet, dass er nicht weiterreden konnte. Er sank unter einen Birnbaum hin, der am Weg stand, holte sehr heftig Atem, wurde fast ohnmächtig und brauchte lange, bis er wieder reden konnte.

Rosalinde und Emma waren über diese Nachricht fast außer sich. »Oh Gott im Himmel«, rief die Mutter, »was für ein entsetzlicher Anschlag ist dieses! Ach, der gute edle Mann und die vortreffliche Frau!«

»Und die gute Agnes!« rief die zitternde, totenbleiche Emma. »Ach, wenn sie und ihre Eltern ermordet werden, so sterbe ich vor Jammer!«

»Oh Emma«, sprach die Mutter, »ach, eile doch voraus auf das Schloss! Ich werde mit dem ermatteten Knaben hier so schnell nachkommen, als es möglich ist. Lauf aus allen Kräften, und ruf unsere Leute zusammen! Sie sollen aufsitzen und nach Falkenburg eilen, um die guten Menschen zu warnen. Sie sollen reiten, so schnell sie können, und sollten auch die Pferde darüber zugrunde gehen.«

Emma eilte, so leicht und flüchtig wie eine Gemse, den steilen Berg hinauf und erreichte das Burgtor. Auf ihren Schreckensruf liefen alle Leute im Schloss erschrocken im Schlosshof zusammen. Emma erzählte kurz, dass Falkenburg in Gefahr stehe, durch Feuer und Schwert verzehrt zu werden. Die Umstehenden entsetzten sich, schmähten über die Pilger und jammerten, als stände ihr eigenes Schloss in Flammen.

Über eine Weile kam Rosalinde nach, und trat mit Leonardo, den sie unterwegs über die näheren Umstände befragt hatte, in den Schlosshof. »Was steht ihr müßig und jammert?« rief sie. »Sitzt doch auf – eilt – rettet!«

»Das ist unmöglich, gnädige Frau!« sagte der alte, eisgraue Stallmeister des seligen Ritters. »Die zwei Schurken haben einen zu grosen Vorsprung. Sie können bereits das Schloss Falkenburg erreicht haben. Bedenkt doch, wir haben auf dem Fuhrweg bei fünfzehn Stunden dahin, und es ist bereits Abend. Wie könnte man den weiten, von langem Regen verdorbenen Weg bei dunkler Nacht so schnell zurücklegen? Auf dem besten Pferd getraute ich mir kaum, vor Anbruch des Tages nach Falkenburg zu kommen. Unsere alten Ackergäule aber taugen gar nicht zum Reiten, und unsere Kriegsrosse sind ja seit dem Tod des seligen Ritters verkauft. In der ganzen Gegend weit und breit ist kein Ross aufzutreiben, das den Ritt nur zur Hälfte aushielte.«

Die edle Frau stand da und rang die Hände. Sie blickte schmerzlich zum Himmel, und Tränen flossen über ihre Wangen. »So ist denn keine Hilfe – als bei dir, oh Gott!« rief sie mit aufgehobenen Händen. »Erbarme denn du dich der edlen Menschen, die sich meiner so liebreich erbarmt haben! – Oh Emma – bete – bete doch, dass Gott das Vorhaben dieser Bösewichte vereitle.«

Emma faltete die Hände und betete mit Augen voll Tränen: »Lieber Gott! Hilf ihnen doch, wie sie uns auch geholfen haben.« Alle Leute im Schlosshof falteten die Hände und stimmten in ihr Gebet mit ein.

»Oh ihr lieben Leute«, fing die Mutter wieder an, »so schwer, ja beinahe unmöglich es sein mag, vor Mitternacht Falkenburg zu erreichen, so versucht es dennoch! Einige Worte können aller Leben retten. An einigen Augenblicken ist alles gehangen! Ach, wenn nur Leonardo nicht so ermüdet und von schnellem Laufen fast krank wäre! Er würde so schnell hineilen, als gälte es den Preis bei einem Wettrennen. – Aber du, Martin«, sagte sie zu einem jungen Knecht, »du hast auch schnelle Füße. Mach du dich auf den Weg. Der Fußweg ist ja wohl um ein Drittteil näher. Ich schenke dir hundert Goldgulden, wenn du noch zu rechter Zeit zu Falkenburg anlangst.«

»Es ist nicht möglich«, sagte der Knecht. »Wer wollte in der finstern Nacht die schmalen Fußsteige durch das Gebirge finden, ohne zehnmal in Abgründe zu stürzen?«

»Zudem«, sprach Leonardo, »ist der einzige Steg über den Strom abgeworfen. Man müsste Flügel haben, um hinüberzukommen.«

»Flügel!« rief Emma, und ihre Augen glänzten vor Freude. »Jetzt fällt mir ein, wie wir eine Botschaft nach Falkenburg schicken können. Ritter Theobald sagte mir, ich müsse mein Täublein anfangs wohl einschließen, sonst würde es sogleich zurückfliegen. So weit es auch sei, sagte er, es finde den Weg sicher. Wir wollen daher der Taube ein kleines Briefchen anhängen, so bringt sie es gewiss nach Falkenburg.«

»Oh Gott, dir sei Dank!« rief die Mutter. »Ich denke, du hast unser Flehen erhört. Emma, diesen Gedanken gab dir dein guter Engel ein.«

Emma sprang sogleich, ihr Täubchen zu holen. Die Mutter eilte auf ihr Zimmer und schrieb die Nachricht auf ein kleines Blättchen. Sie rollte das Blättchen fest zusammen und befestigte es an dem roten Halsbändchen, mit dem Emma die Taube geziert hatte. Emma, von ihrer Mutter, dem alten Stallmeister und allen Knechten und Mägden begleitet, trug hierauf die Taube ins Freie hinaus vor das Schloss und ließ sie fliegen. Die Taube flog hoch empor in die blaue Luft – schwebte eine Zeit hin und her – und nahm dann plötzlich mit eilenden Flügeln ihren Flug Falkenburg zu. Alle Einwohner des Schlosses Hohenburg waren hocherfreut und priesen den glücklichen Einfall des Fräuleins. Alle sendeten der Taube tausend gute Wünsche und herzliche Gebete nach. Kein Schiff mit Gold beladen war je unter so heißen Segenswünschen abgesegelt.

Frau Rosalinde und Fräulein Emma waren indes doch voll ängstlicher Sorge. »Wird die Taube wohl auch an Ort und Stelle kommen?« sagte die Mutter. »Wenn sie einem Raubvogel in die Klauen fiele – wenn sie den weiten Flug nicht aushielte und sich verspätete – wenn sie zu Falkenburg nicht bemerkt und nicht eingelassen würde – ach, welch ein entsetzliches Unglück entstände daraus!« Mutter und Tochter setzten sich an das Fenster, das gegen Falkenburg sah. Sie schauten mit sehnlichen Blicken, unter stetem Herzensgebet, in die Gegend. Die Abenddämmerung brach ein. Es war ihnen unbeschreiblich bange. Sie getrauten es sich kaum zu denken – ein Feuerzeichen am Himmel müsse es ihnen verkünden, wenn die Taube mit dem Briefchen nicht richtig eingetroffen wäre. Sie wichen nicht von dem Fenster, und kein Schlaf kam in ihre Augen.

Mitternacht war schon vorbei; ein fürchterlicher Sturmwind brauste durch den Wald; die Gegend von Falkenburg lag in tiefem Dunkel. Jetzt wurde es aber zu ihrem Entsetzen dorthin helle. Sie zitterten beide und beteten. »Ach Gott«, rief Emma, »jetzt schlägt die Flamme empor – immer höher und höher! Ach sieh, wie der Sturmwind sie seitwärts beugt!« Mutter und Tochter fielen beinahe in Ohnmacht. Allein zu ihrer großen Freude wurden sie bald ihres Irrtums gewahr. Die vermeinte Flamme war die gebogene Spitze des Mondes im letzten Viertel, der in der dunstigen Luft mit feuerfarbenem Glanz aufging und bald, einer Sichel ähnlich, über den fernen Bergen schwebte. Sie blieben am Fenster; sie bemerkten aber durchaus nichts von jener furchtbaren Röte, die bei einer fernen Feuersbrunst am nächtlichen Himmel erscheint. Endlich brach der Tag an – und mit Freuden und herzlichem Dank gegen Gott begrüßten sie nach überstandener Schreckensnacht das freundliche Morgenrot.

5. Die Errettung

Rosalinde und Emma wussten nun wohl, dass es den Bösewichtern nicht gelungen sei, Falkenburg in Asche zu legen. Allein sie waren noch immer höchst bekümmert, ob dem edlen Ritter und seinen lieben Angehörigen nichts am Leben geschehen sei. »Ach, was gäbe ich um eine gute Nachricht von Falkenburg!« sagte Rosalinde öfter. »All mein Schmuck wäre mir nicht zuviel.« – »Und ich«, sagte Emma, »wollte all mein Schatzgeld mit Freuden dazulegen.« Indes war das, was in der verflossenen Nacht zu Falkenburg vorgegangen war, für sie jetzt noch ein Geheimnis, und es blieb ihnen nichts anderes übrig, als geduldig auf weitere Nachrichten zu warten. Die Sache war aber so gegangen:

Ritter Theobald, Frau Ottilia und Fräulein Agnes hatten sich am vorigen Abend vergnügt und ohne Sorge zu Tisch gesetzt. Die Sonne neigte sich bereits zum Untergang. Ihre feurigen Strahlen schienen durch die runden Fensterscheiben und erleuchteten den altertümlichen Speisesaal. Da meldete ein Kriegsknecht die zwei Pilger. Der Ritter befahl, sie gut zu bewirten. »Nach Tisch«, sagte er, »will ich sie sprechen. Da sollen sie heraufkommen und uns von ihrer Pilgerfahrt erzählen. Gebt ihnen indessen zu essen und einen Krug Wein, damit sie gesprächig werden.« Der Knecht ging, und Agnes freute sich schon zum voraus auf die schönen Erzählungen. Ach, keines ahnte, welch ein schreckliches Unglück ihnen drohe!

Wie sie nun so fröhlich und traulich beisammen saßen und redeten, rief Agnes auf einmal verwundert: »Je, mein Täublein!« Wirklich war es mit ausgespannten Flügeln vor dem Fenster und pickte an die Scheiben, als bäte es, dass man es hereinlassen möchte. Agnes öffnete das Fenster, und sogleich flog das Täubchen ihr auf die Schulter und liebkoste sie. »Sieh doch, was für ein nettes rotes Halsbändchen es hat«, sagte die Mutter; »und da hängt ja gar ein zusammengerolltes Papier daran! Ich glaube gar, ein Briefchen. Was die Kinder doch für seltsame Einfälle haben!«

Der Ritter besah das Papier näher und las die Worte darauf: »Augenblicklich zu lesen.« – »Nun«, sagte er lächelnd, »das wird große

Eile haben!« Er rollte das Blatt auf, sah hinein – und entfärbte sich. »Gott im Himmel«, rief er, »was ist das?« – »Was ist's denn?« riefen Mutter und Tochter erschrocken. Der Ritter las laut: »Sehr edler Herr! Die zwei Pilger, die heute abend zu Euch kommen, sind zwei Räuber von der großen Bande, die Ihr besiegt habt. Der ältere heißt Lupo, der andere Orso. Sie tragen Harnische und scharfe Dolche unter ihren Pilgerkleidern. Diese Nacht wollen sie Euch, Eure Frau und Fräulein Agnes und alle Eure Leute ermorden, Euer Schloss plündern und in Brand stecken. Mit Eurer Ritterkleidung, der goldenen Kette und dem Kreuze von Edelsteinen geschmückt, wollen sie dann noch mehrere Menschen betrügen. Noch sieben Bösewichter in der Gegend warten nur auf das verabredete Zeichen – drei Lichter unter dem Fenster der Pilgerstube –, um heimlich in das Schloss zu kommen und ihnen zu helfen. Die zwei Räuber wollen ihnen das kleine Gartenpförtchen heimlich öffnen und sie hereinlassen. Gott gebe, dass die Taube glücklich ankomme und dass Ihr alle gerettet werdet! Euch auf einem anderen Weg eine Nachricht zu senden, war unmöglich. Lasst doch augenblicklich durch einen reitenden Boten Eure Rettung melden – Eurer dankbaren Rosalinde.«

»Oh Gott«, rief die Mutter gerührt, »wie wunderbar bist du! Die Taube ist ein Bote des Himmels, wie einst die Taube des Noah, die den Ölzweig in die Arche brachte. Oh Agnes, lass uns Gott auf den Knien danken, wie jene frommen Menschen in der Arche! Er rettet uns ebenso wunderbar!«

Auch der Ritter ließ sich auf ein Knie nieder und rief, mit gefalteten Händen zum Himmel blickend: »Oh Gott, dir sei Dank!« Er hieß dann seine Gemahlin und seine Tochter in ein anderes Zimmer gehen, warf sich in seinen Harnisch, gürtete sein Ritterschwert an und befahl einigen seiner stärksten Reitersknechte, bei der Hand zu sein.

Hierauf ließ er den zwei Pilgern wissen, sie möchten heraufkommen. Mit gar demütigen Mienen und vielen Verbeugungen traten sie in das Zimmer, und Lupo, der das Wort führte, fing mit süßer, lächelnder Miene und ganz ausnehmender Höflichkeit an: »Edelgestrenger Herr und Ritter! Wir kommen eben geraden Weges von Hohenburg und sind die Überbringer von tausend und abermals tausend freundlichen Begrüßungen. Oh wie glücklich schätzen wir uns, den Mann von Angesicht zu Angesicht kennenzulernen, dessen Heldenruhm die Welt erfüllt, den alle Bedrängten, alle Witwen und Waisen anbeten und den die fromme Rosalinde, als ihren glorreichen Beschützer, nicht genug loben und preisen konnte! Ach, was das für eine gottselige Frau ist! Sie überhäufte uns Mindeste mit unverdienten Ehren. Und was ihr zartes Töchterlein Emma für ein holdseliges Fräulein ist! Der kleine Engel zerfloss ganz in Tränen, als wir von unserer andächtigen Pilgerfahrt erzählten. Doch – wir haben Euch und den hoch- und liebwertesten Eurigen noch stundenlang von Hohenburg zu erzählen. Für jetzt entledigen wir uns nur noch des Auftrags, Euch zu melden, dass Mutter und Tochter und besonders das artige, allerliebste Täublein sich dermalen noch alle drei im höchsten Wohlsein befinden.«

Ritter Theobald war durch diese übertriebenen Schmeicheleien, die ihm in der Seele zuwider waren, noch mehr aufgebracht. Indes hielt er sich noch zurück und fragte sehr ernst, aber ganz ruhig: »Wer seid ihr?« – »Arme Pilgersleute!« antworteten sie. »Wir kommen aus dem gelobten Land und ziehen unserer Heimat zu, nach Thüringen, wo wir geboren sind.« – »Wie heißt ihr?« fragte der Ritter weiter. »Ich heiße Hermann«, sagte Lupo, »und mein junger Vetter da heißt Burkhard.« – »Was wollt ihr auf diesem Schloss?« fuhr der Ritter fort. »Nichts als eine Nachtherberge«, sagten sie, sich verneigend; »morgen mit dem Hahnruf ziehen wir weiter. Oh wie werden sich die Unsrigen freuen, uns wiederzusehen.«

»Ihr lügt!« rief jetzt der Ritter mit donnernder Stimme und riss sein Schwert aus der Scheide. »Ihr heißt nicht Hermann und Burkhard, sondern du, alter Schurke, heißt Lupo, und du, junger Bösewicht, Orso. Ihr kommt nicht aus dem gelobten Land und seid keine Pilger, sondern Räuber, Meuchelmörder und Mordbrenner. Thüringen ist nicht eure Heimat; ihr seid keine Deutschen. Nicht eine Nachtherberge zu suchen, sondern zu morden und zu rauben, zu sengen und zu brennen seid ihr hierhergekommen. Der Lohn, den eure Taten verdienen, soll euch werden. Durch Schwert und Feuer sollt ihr hingerichtet werden. – Was? Ihr solltet Ritterkleidung, Kreuz und Kette von mir tragen? Auf, ihr Knechte, reißt ihnen ihre betrügerische

Kleidung ab, damit sie in ihrer wahren Tracht dastehen. Entwaffnet sie, legt sie in Ketten, und werft sie zuunterst in den Turm.«

Die Knechte packten sie und rissen ihnen die Pilgerkleidung ab. Da standen sie nun geharnischt. »Oh der abscheulichen Heuchelei«, sprach der Ritter, »unter dem Schein der Frömmigkeit fromme Gemüter so zu betrügen! Dieser Frevel allein verdiente schon den Tod.« Sie wurden beide kreuzweis gefesselt und in den Turm geworfen.

Wie sie beide unten im Turm lagen, da sagte der Jüngere: »Mich wundert nur, wie der Ritter alles so haarklein wissen kann. Er weiß ja sogar das, was wir erst unterwegs miteinander verabredeten, dass wir seine Kleidung tragen und uns künftig für Ritter ausgeben wollten. Sollte der Knabe, der uns begleitete, unsere Sprache dennoch verstanden und uns verraten haben?«

»Da müsste er oben bei den Fenstern des Schlosses hereingeflogen sein«, sagte der Alte. »Ich gab genau acht und ließ die Schlosspforte nicht aus dem Auge. Kein Mensch kam über die Zugbrücke, seit wir hereingekommen. Das geht einmal nicht mit rechten Dingen her! Der Ritter hat einen Bund mit der Hölle.«

Der alte Bösewicht geriet so in Wut, dass er die schrecklichsten Flüche über den Ritter ausstieß. »Dieser grausame Theobald«, sagte er unter anderm mit schäumendem Mund, »hat allein die Schuld an unserem ganzen Unglück.« Der verstockte Lupo wollte es nicht einsehen, er selbst habe sich durch seine Übeltaten unglücklich gemacht.

Orso, der jüngere Räuber, fing aber an zu weinen und zu jammern und dem alten Vorwürfe zu machen. »Oh dass ich deinen falschen Vorstellungen nicht geglaubt hätte!« sagte er. »Du versprachst mir ein lustiges Leben in Ehre und Überfluss, und jetzt wartet meiner nichts als der schmählichste Tod. Du wolltest es mir immer ausreden, dass unsere Taten böse seien, dass Gott das Böse in jener und oft auch schon in dieser Welt fürchterlich strafe. Allein die Stimme des Gewissens in meinem Innersten sprach immer ganz anders und kündete mir die bevorstehende Strafe an. Oh dass ich dieser Stimme geglaubt hätte! Was helfen mir jetzt alle bereits geraubten Schätze? Hätte ich mich von der härtesten Arbeit, von Holzspalten, Lasttragen oder Karrenschieben, redlich und ehrlich genährt und dabei ein gutes Gewissen bewahrt, wie glücklich wäre ich im Vergleich mit meinem jetzigen Zustand! Aber nun hat die Hand des höchsten Richters, der die geheimsten Missetaten sieht und straft, mich ergriffen und in dies schauerliche Gefängnis heruntergestürzt. In dieser Welt ist's mit mir vorbei. Oh dass mich Gott doch in jener Welt noch Gnade finden lasse! Dass ich doch wenigstens andern jungen Leuten zum warnenden Beispiel dienen möge – damit sie nicht auch von der Begierde nach Reichtum und Wohlleben sich zu Sünde und Laster verführen lassen und sich nicht auch in einen solchen Abgrund von Elend stürzen wie ich!«

Die Kriegsknechte im Schloss hatten indes auf Befehl des Ritters noch ein anderes Geschäft zu besorgen. Sie stellten, sobald es dunkel geworden und die Sterne am nächtlichen Himmel glänzten, drei brennende Kerzen unter das Fenster der Stube, die gewöhnlich den Pilgern und andern ehrbaren Wanderern zum Übernachten angewiesen wurde. Hierauf begab der Torwärter, auf dessen Klugheit der Ritter rechnen konnte, sich mit sieben Kriegsknechten in den Schlosshof und lauerte an dem kleinen Pförtchen der Mauer auf die Räuber. Er wartete lange vergebens. Die Mitternachtsstunde war vorüber. Der Mond ging auf und erhellte bereits die Zinne des alten Schlossturms. Die Knechte waren darüber voll Verdruss. »Jetzt ist all unsere Mühe umsonst«, sagten sie; »die Schurken werden, sobald sie anstatt der verkappten Pilger einen von uns erblicken, eilig im Dunkel der Nacht entfliehen.«

»Mir fällt ein Mittel ein«, sprach der Torwärter, »sie sicher hereinzulocken.« Er ging eilig, kam aber sogleich wieder zurück. Er hatte eines der Pilgerkleider angezogen und einen Muschelhut aufgesetzt. »So«, sprach er, »werden sie mich nicht erkennen; ihr aber stellt euch dort hinter den Pfeiler der Mauer, damit sie euch nicht sogleich sehen.« Sie warteten aufs Neue mit Ungeduld.

Endlich klopfte man leise außen an dem Türlein. Der Torwärter machte leise auf. Ein Räuber stand unter dem Pförtchen, sah ihn in der Verkleidung für seinen Spießgesellen an und sprach mit heimlicher Stimme: »Kommen wir recht?« – »Gerade recht!« sagte der Torwärter ebenso heimlich. »Seid nur still, und kommt alle herein!«

Alle sieben schlichen, einer nach dem andern, auf den Zehen herein. Sie trugen Schwefel- und Pechkränze bei sich, und jeder hatte

ein Schwert umgegürtet. Als der Letzte herein war, schloss der Torwärter das Türchen, steckte den Schlüssel zu sich und schrie laut:
»Jetzt gilt's!«

Plötzlich sprangen die Knechte herbei, fielen über die Räuber her,
und jeder packte seinen Mann. Im nämlichen Augenblick öffnete
sich die Schlosspforte, und der Ritter kam, in voller Rüstung und
von mehreren Knechten mit brennenden Fackeln und blitzenden
Schwertern begleitet, in den Schlosshof. Die dämmernde Mondnacht
glich auf einmal dem hellen Tag. Die Räuber waren vor Schrecken
fast des Todes. Sie hatten nicht einmal Zeit gefunden, das Schwert
zu ziehen. Mit leichter Mühe wurden sie überwältigt, in Ketten gelegt
und in das Gefängnis geworfen, um den Lohn ihrer Missetaten zu
empfangen.

»So«, sagte der Ritter, »geht es jedem, der Böses tut, und wer immer
seinem Nächsten eine Grube gräbt, der stürzt am Ende selbst hinein.«

6. Der Ölzweig

Zu Hohenburg warteten Frau Rosalinde und Fräulein Emma noch
immer sehnlich und nicht ohne bange Besorgnis auf einen Boten von
Falkenburg. Emma lief in einer Stunde wohl zehnmal die steinernen
Staffeln der Wendelstiege hinauf, zu dem Turmwächter, um selbst
zu sehen, ob der Bote denn noch nicht komme, und sah sich fast die
Augen aus. Als Mittag vorüber war und sich noch kein Reitender
blicken ließ, empfanden Mutter und Tochter aufs neue eine große
Herzensangst, und jede Stunde kam ihnen so lange vor, dass sie das
Ende derselben kaum zu erleben glaubten. Endlich gegen Abend, da
Emma wieder droben zum schmalen Fensterlein des Turmes hinausschaute, kam auf dem kleinen Sträßchen, das zum Schloss führte, ein
Wagen, von mehreren Reitern begleitet, aus dem Wald hervor. Emma
flog die Wendeltreppe herab und rief ihrer Mutter voll Entzücken
zu: »Sie kommen selbst! Sie sind's gewiss!« Mutter und Tochter eilten
sogleich den Schlossberg hinab und gingen ihnen eine Strecke Weges
entgegen.

Ritter Theobald, seine Gemahlin und Tochter hatten sich schon lange vor Anbruch des Tages auf die Reise gemacht, die Freudennachricht von ihrer glücklichen Errettung selbst zu überbringen und mündlich zu danken. Ritter Theobald sprang, sobald er Rosalinde und Emma erblickte, vom Pferd, und Frau Ottilia und Agnes stiegen aus dem Wagen, grüßten sie auf das freundlichste und dankten ihnen für die so sinnreich mitgeteilte Nachricht mit einer Herzlichkeit, die nicht auszusprechen ist. Alle waren hocherfreut und gingen unter wechselweisen Erkundigungen und Erzählungen den Schlossberg miteinander zu Fuß hinauf.

Der Abend ihres glücklichen Wiedersehens nach einer so großen Gefahr wurde mit einer Freudenmahlzeit gefeiert. Alle waren höchst vergnügt und sprachen beständig von dieser Geschichte. Auch Leonardo, der bei Tisch aufwartete, musste jedes Wort erzählen, das die Räuber miteinander gesprochen hatten. Er tat es sehr gern. Besonders ausführlich erzählte er, wie der jüngere Räuber dort an jenem Abgrund für ihn gebeten habe, ihn nicht hinabzuwerfen. »Deshalb«, sagte Leonardo, »möchte ich für den unglücklichen Menschen jetzt auch fürbitten. Da er doch mildere Gesinnungen zeigte, so dürfte er doch auch mit einer milderen Strafe davonkommen.« Alle gaben hierin dem guten Knaben recht.

Am Ende der Mahlzeit ergriff Ritter Theobald den silbernen Becher und rief: »Es lebe Fräulein Emma! Ihrem glücklichen Einfall, das Täublein zum Briefboten zu machen, haben wir Falkenburger es zu danken, dass wir nicht unter dem Schutt der abgebrannten Burg begraben liegen.«

»Oh nein«, sagte die bescheidene Emma errötend, »die Freundlichkeit, mit der Agnes sich des armen Täubleins erbarmte, und die Güte, mit der sie es dann mir schenkte, waren die ersten Ursachen dieser glücklichen Begebenheit. Ihr gebührt die Ehre.«

»Gottlob«, sprach Rosalinde, »dass wir Eltern mit euch beiden Kindern zufrieden sein dürfen. Indes werdet nur nicht stolz darauf, ihr Mädchen! Denn seht, der arme Waisenknabe Leonardo hier, der voll dankbarer Liebe zu unsern Wohltätern sich außer Atem und fast zu Tode gelaufen, hat ohne Vergleich mehr getan als ihr.«

»Wahrhaftig«, sprach Ritter Theobald, »Ihr habt recht!« Er füllte seinen silbernen Becher mit Wein, trank erst ein wenig, reichte ihn dann dem Knaben und sagte: »Da, trink einmal auf unser Wohl! Du musst mir einst ein Edelknappe werden; denn dein treues Herz adelt dich und gibt dir den gültigsten Anspruch darauf.«

Ottilia sprach: »Auch dem guten, menschenfreundlichen Adalrich, Rosalindens seligem Eheherrn, gebührt noch ein dankbares Andenken! Denn hätte er den armen Knaben nicht voll Erbarmens mit sich auf sein Schloss genommen – wie stände es jetzt mit uns?«

»Es ist wahr«, sagte Rosalinde, Emmas Mutter, »die Wohltat, die mein seliger Adalrich dem armen Waisenknaben erwies, ward uns durch Eure Rettung, die uns so herzlich freut, als wäre sie uns selbst widerfahren, hundertfältig vergolten. Allein – hat Ritter Theobald weniger edel an mir und meiner Emma hier, die auch eine vaterlose Waise ist, gehandelt? Seine Huld, mit der er uns aufnahm und uns gegen unsere Feinde schützte, konnte nicht unbelohnt bleiben. Ihn, der uns gerettet, rettete Gott wieder. Ebenso hat er, der treue Vergelter alles Guten, der gütigen Ottilia und der freundlichen Agnes ihre Liebe gegen uns vergolten. Ihm sei Lob und Dank!«

»Ja«, beschloss der Ritter, »Gott gebührt – wie allemal, so auch hier – der erste Dank! Er hat gnädig auf uns herabgesehen und hat durch ein schuldloses Täublein große und mächtige Dinge an uns getan. Ihm sei unendlicher Dank! Indes wollen wir auch gegen edle Menschen nicht undankbar sein! Was mein Schwert nicht vermocht hätte, meine feste Burg gegen List und Trug vor dem Untergang zu schützen – das führte Fräulein Emma mit Hilfe eines Täubleins aus. Auch Frauen, ja Kinder vermögen viel Gutes zu stiften, wenn sie eines guten Willens sind und von ganzem Herzen auf den Herrn vertrauen, wie Rosalinde und Emma. Und da Fräulein Emma einst Besitzerin dieses Schlosses wird und in ihrem kindlichen Alter ohne Schwert dem Reich eine Grenzfeste erhalten hat, so werde ich darauf antragen, dass ihr der Kaiser gestatte, eine weiße Taube mit einem grünen Ölzweig in ihrem Wappen zu führen.«

Ottilia sagte zu Ritter Theobald, ihrem Gemahl: »Das hast du sehr gut ausgedacht und musst es zustande bringen. Indessen möchte auch ich der lieben Emma eine kleine Freude machen.« Sie winkte ihrer Tochter, Agnes ging hinaus – und über eine kleine Weile flog das Täubchen herein. Agnes hatte es in einem Körblein mitgebracht, allein ihrer kleinen Freundin bis jetzt nichts davon gesagt. Das Täubchen flog sogleich auf Emma zu und setzte sich auf ihre ausgestreckte Hand. Zu Emmas freudigem Erstaunen hatte es einen goldenen Ölzweig mit goldenen Blättchen im Schnabel. Ottilia aber sagte: »Der goldene Ölzweig, das schöne Sinnbild der Rettung aus Gefahren, sei Euch, liebe Emma, ein kleines Zeichen unserer Dankbarkeit. Meine selige Mutter hat ihn mir, da es eben Krieg und eine harte, bedrängte Zeit war, zum Brautgeschenk gegeben, und ich trug ihn bisher als eine Haarnadel, wozu er auch bestimmt ist. Die fromme Mutter sagte mir, als sie mir den Ölzweig gab, einen Reim, der auch durch diese Geschichte sehr schön erfüllt ward und so lautet:

Lasst felsenfest uns auf den Herrn vertrauen,
Auf ihn gleich jenen in der Arche bauen,
So sendet zu der Zeit der Not
Uns sichere Hilf' der liebe Gott!«

Das Rotkehlchen

Es war Martin Frank ein tapferer Kriegsmann, der viele Jahre gedient, mehrere Feldzüge mitgemacht und für sein Vaterland rühmlich gekämpft hatte. Als er aus dem Feld zurückkam, waren seine dürftigen Eltern bereits gestorben. Sie hatten ihm nichts hinterlassen als ein baufälliges Wohnhäuschen und einen kleinen Baumgarten dabei. Der brave Mann befand sich nun in einer sehr traurigen Lage. Seine Wunden hatten ihn zu schweren Arbeiten untauglich gemacht. Er war sehr bekümmert und sann Tag und Nacht ernstlich nach, wie er sich ehrlich ernähren wolle. Da bemerkte er eines Tages in dem nahen Wald, dass die vielen Stöcke und Wurzeln der abgehauenen Wacholderbäume sehr schönes Maserholz lieferten, aber wenig geachtet wurden und unbenützt im Wald verfaulten. Er versuchte sogleich, aus diesem Holz Tabaksdosen und Pfeifenköpfe zu verfertigen, und brachte es zu einer ungemeinen Geschicklichkeit; besonders fanden die Pfeifenköpfe, die aus dem schönsten Maser zierlich geschnitzt und glänzend poliert waren, großen Beifall und reißenden Abgang. Mancher vornehme Herr zog einen solchen, schön mit Silber beschlagenen Pfeifenkopf sogar einem solchen von Meerschaum vor.

Der fleißige Mann arbeitete die ganze Woche hindurch unermüdet in seiner Werkstätte oder holte sich Maserholz aus dem Wald, und war dabei nicht viel besser gekleidet als ein Tagwerker. Allein des Sonntags erschien er in seiner grünen Uniform mit roten Aufschlägen und mit seiner silbernen Ehrenmünze an der Brust, ging morgens, indem er sich wegen seines etwas gelähmten Fußes auf seinen Korporalstock stützte, in gemessenem Schritt zur Kirche, und abends auf eine oder längstens zwei Stunden in den Gasthof. Er hatte noch immer in Gang und Gebärde etwas Kriegerisches und trug auch seinen Schnurrbart noch. Wegen seiner Rechtschaffenheit, Erfahrung und Ordnungsliebe wurde er allgemein geachtet. Er gelangte durch seinen Fleiß und seine kluge Sparsamkeit zu einem nicht unbedeutenden Vermögen. Denn er war keiner von denjenigen, die sogleich großen Aufwand machen, wenn sie gute Geschäfte gemacht haben, und da meinen, es werde immer so gehen. Unter anderem ließ er sein altes, hölzernes Haus, das ein wohlhabender Mann hätte niederreißen und neu bauen lassen, bloß ausbessern; wusste es aber so gut herzustellen, dass er sehr gut und bequem darin wohnte und dass es sich mit der braunen Holzfarbe, den erneuten, runden Fensterscheiben und dem glänzenden Fensterblei zwischen den hohen Birnbäumen und weitausgebreiteten Apfelbäumen des Gartens sehr gut ausnahm. Er verheiratete sich, erzog seine Kinder, einen Sohn und eine Tochter, sehr gut und versorgte sie sehr gut. »Wer es nicht an Fleiß fehlen lässt, dem fehlt es nie an dem nötigen Auskommen«, sagte er öfter. »Auch die kleinste Kunst nährt ihren Mann. Tu das deine getreu und vertrau auf Gott, so wird Gott auch das Seinige tun und es dir nie an seiner so nötigen Hilfe fehlen lassen.«

Nachdem der ehrliche Martin Frank bereits ein ziemliches Alter erreicht hatte und seine gute, treue Hausfrau gestorben war, versah der wackere Kriegsmann seine kleine Haushaltung selbst, und zwar wie bisher ohne Magd. Indes nahm er seinen Enkel, einen munteren blühenden Knaben, zu sich, dem man dem Großvater zu Ehren in der Taufe auch den Namen Martin gegeben hatte. Der kleine Martin hing bald mit Leib und Seele an dem Großvater und tat ihm alles zu Gefallen, was er ihm nur an den Augen ansehen konnte. Der Großvater bediente sich seiner als Gehilfen bei seinen Holzarbeiten und erzählte ihm während der Arbeit teils lustige, teils schauerliche Geschichten aus seinen Feldzügen, denen er aber immer die eine oder die andere gute Lehre beizufügen wusste.

Der Großvater brachte manchmal ganze Tage im Wald zu, um Wurzeln und Stöcke des Wacholders auszuheben und nach Hause zu bringen. Er nahm seinen lieben Enkel allemal mit sich. Dies waren die fröhlichsten Tage des Knaben. Es gefiel ihm nirgends so wohl als in dem Wald. Der Großvater nannte ihm alle Bäume des Waldes und lehrte ihn die Eigenschaften und den Nutzen der verschiedenen Holzarten kennen. »Wir können dem lieben Gott nicht genug danken«, sagte er unter anderem, »dass er die herrlichen Bäume da um uns her wachsen lässt. Wenn es keine Bäume gäbe, so wäre es mit uns gefehlt. Die Tannen und Fichten dort am Berg liefern uns Balken, Bretter und Latten; unser ganzes Haus besteht ja aus Tannenholz, ja auch Tische und Bänke, Kasten und Bettladen sind daraus gemacht.

Das Tannenholz ist übrigens etwas weich; andere Bäume aber, wie dort die Eichen und Buchen, haben sehr festes, hartes Holz. Wenn unser Schiebkarren hier nicht von solchem harten Holz wäre, so würde er nicht so lange dauern. Ohne hartes Holz hätten wir nicht einmal einen dauerhaften Stiel zu unserer Axt. – Sehr schön ist es, dass jede Holzart ihre eigentümliche Farbe hat, schön rötlich, bräunlich oder gelblich ist, und deshalb zu allerlei zierlichen Hausgeräten dient. Das Holz der Wacholderstöcke aber ist gar marmoriert; es ist so fein, dass man die Holzfaser gar nicht sieht, weshalb wir auch so feine Arbeiten daraus verfertigen können. – Man kann die Früchte der Waldbäume zwar nicht essen; diese Bäume ernähren aber dennoch viele tausend arbeitsame Menschen, die mit Holzarbeiten ihr Brot verdienen. Auch uns gewährt der Wacholderbaum unsern Lebensunterhalt. So hat Gott alles weislich eingerichtet. Wir wollen seine Weisheit und Güte in allem erkennen und stets ein dankbares Herz gegen ihn haben!«

Eine ganz ausnehmende Freude hatte der kleine Martin an den Vögeln im Walde und ihrem lieblichen Gesang. »Großvater«, sagte er, »wollen wir nicht einige fangen und mit nach Hause nehmen?« – »Nein«, sagte der Großvater, »das ist nichts.« – »Ja, warum denn nicht?« fragte der Knabe; »sie singen gar zu schön! Zu Hause könnten wir sie immer singen hören.« – »Du hörst sie schon hier im Wald singen«, sprach der Großvater, »da klingt es viel schöner. Die armen Vögelein, die man so grausam einsperrt, leben selten lange, ja sie kommen durch Nachlässigkeit der Menschen gar oft elenderweise um.«

Einmal aber, an einem schönen Herbsttag, saß der Großvater mit seinem Enkel an einem sonnigen Plätzchen des Waldes bei dem kleinen Mittagsmahl, das der Knabe wie gewöhnlich in einem Korb mitgenommen hatte. Da kam ein Rotkehlchen oder, wie man in jener Gegend sagt, ein Rotbrüstlein herbei und pickte die Brosämlein auf. Der Kleine war darüber ganz entzückt. »Was dies für ein wunderschönes Vögelein ist!« sagte er zum Großvater, redete aber ganz leise, um es nicht zu verscheuchen. »Ich weiß nicht, was ich darum gäbe, ein solches Vögelein den Winter über in unserer Stube zu haben.« – »Nun«, sagte der Großvater, »das mag wohl geschehen. Ein Rotkehlchen ist ein gar zutrauliches Vögelein und ist gern um die Menschen. Es bringt den Winter über vielleicht lieber unter Dach als im Freien zu.« Der Großvater lehrte den Knaben die Anrichtung machen, um ein solches Vögelein zu fangen.

Der kleine Martin lief die Woche hindurch alle Tage in den Wald, um nachzusehen, ob noch kein Rotkehlchen eingegangen sei. Immer kam er aber leer zurück und hatte die Hoffnung, eines zu fangen, bereits aufgegeben. Endlich kam er einmal voll Freuden nach Hause gelaufen. »Großvater«, rief er, »jetzt habe ich endlich einmal eines! Oh sieh nur, welche schönen, schwarzen Äuglein es hat und wie unvergleichlich schön gelbrot das Kehlchen ist! Jetzt reut mich meine Mühe und Arbeit nicht!« Er ließ das Vögelein in der Stube fliegen, und seine Freude ward noch größer, als es gar nicht scheu tat, die Fliegen in der Stube wegschnappte, aus dem grünen irdenen Tröglein die geriebenen gelben Rüben mit Semmelmehl fraß und sich in dem kleinen Wassergeschirr badete. Martin holte ein frisches, grünes Tannenbäumchen aus dem Wald und stellte es in die Ecke der Stube. Das Vögelchen flog sogleich darauf zu. »Aha«, sagte Martin, »es weiß schon, wo es hingehört. Wie munter es von Zweig zu Zweig hüpft! Wie schlau es zwischen den Ästen hervorblickt, und wie sich das ziegelrote Kehlchen in dem dunkeln Grün so lieblich ausnimmt!« Das Rotkehlchen gewöhnte sich bald an ihn, pickte ihm die vorgehaltenen Fliegen zwischen den Fingern hinweg; ja es setzte sich auf den Rand seines Tellers, aß mit ihm und ließ sich sogar die Erdäpfel sehr gut schmecken. Es kam einige Male durch das offene Fenster in den Garten am Haus, schlüpfte in der Hecke piepend umher, kam aber allemal von selbst wieder herein. Das Vögelein machte dem Knaben tausend Freuden – und als es erst anfing zu singen, da lauschte Martin mit zurückgehaltenem Atem so entzückt auf das leise, liebliche Gezwitscher, dass wohl nie ein Fürst dem größten Flötenspieler mit mehr Vergnügen zugehört hat.

Nun rückte der Namenstag des Großvaters wieder heran. Der Großvater sah abends an einem Sonntag in den Kalender und sagte: »Lieber Gott, wie doch die Zeit vergeht! Künftigen Dienstag ist schon das Fest des heiligen Martin. Ach, vor einem Jahr war es anders als jetzt! Da lebte meine selige Elisabeth noch, und wir aßen die Martinsgans, die sie eigens auf meinen Namenstag gemästet hatte, miteinander. Aber heuer wird's ein trauriges Namensfest geben. Es ist doch nichts, wenn keine Hausfrau die Haushaltung besorgt. Nicht einmal den alten löblichen Gebrauch, in der Martinsnacht eine gebratene Gans zu essen, können wir mehr beobachten; ich habe darauf vergessen, und nun ist es wohl zu spät dazu!« Er zog etwas missmutig seine grüne Uniform an und ging zu dem goldenen Adler, wo er den Bauern am Sonntag abends gewöhnlich die Zeitung vorlas und ihnen die Kriegsnachrichten erklärte.

Der Großvater war kaum zur Tür hinaus, so kam der kleine Adolf des Herrn von Waldberg, der im Schloss droben auf dem Berg wohnte, zur Tür herein, um nach dem Muster, das er mitbrachte, ein paar Pfeifenköpfe zu bestellen. Der kleine Martin spielte eben mit seinem Rotkehlchen, das ihm auf den Finger geflogen war und ihm einige zerdrückte Hanfkörnlein aus der Hand pickte. »Was willst du für das Vögelein?« fragte Adolf. »Es ist sehr zahm; ich will es dir abkaufen.« – »Es ist mir nicht feil«, sagte Martin, indem er dem Vögelein mit dem Finger der andern Hand die Federlein zurechtstrich; »ich gebe es um keinen Preis.« Der reiche junge Herr bot nach und nach bis auf einen Gulden. Da fiel es dem kleinen Martin ein, für einen Gulden könne er ja wohl gar eine Gans kaufen und dem Großvater eine unvermutete Freude machen. Er überließ also das Vögelein dem jungen Herrn, indem er es auf das Nachdrücklichste anempfahl und ihn auf das dringendste bat, das gute, trauliche Tierchen ja doch recht gut zu halten. »Haben Sie doch recht acht«, rief er ihm noch nach, »dass die Katze im Schloss es nicht erwischt, und beschneiden Sie deshalb dem Vögelein die Flügel nicht.«

Martin lief nun sogleich von Haus zu Haus, eine feile Gans ausfindig zu machen. Eine Bäuerin hatte noch eine übrige gemästete Gans, sagte aber, sie könne sie nicht unter einem Taler geben. Martin sagte betrübt, dass er nicht mehr als einen Gulden habe, und erzählte, wie er sein Vögelein verkauft, um den Großvater eine Freude zu machen. Das gefiel der Bäuerin. »Nun wohl«, sagte sie, »wegen deiner Liebe zu deinem Großvater will ich dir die Gans für einen Gulden lassen.« Martin dankte erfreut und sagte, morgen abend wolle er die Gans abholen.

Am Sonnabend des langersehnten Festes trat nun der kleine Martin mit der wohlgenährten Gans unter dem Arm feierlich in die Stube, sagte den Glückwunsch auf, den auf Martins flehentliches Bitten der Herr Schullehrer in zierlichen Reimen verfasst hatte, den aber die Gans, zum großen Verdruss des Kleinen, mit ihrem Geschnatter mehrmals unterbrach. Am Ende des Spruches überreichte Martin dem Großvater, sich tief verneigend, die Gans als ein Geschenk zum Namenstag.

Der alte Mann, der streng auf Ehrlichkeit hielt, wollte sich anfangs nicht recht freuen. Er schöpfte Verdacht und nahm den Knaben in scharfes Verhör. »Wo hast du die Gans oder das Geld dazu her?« fragte er ihn mit großem Ernst, stand aus dem Lehnstuhl auf und erhob drohend seinen Stock von Haselstauden. Er wusste den Korporalstock noch sehr gut zu schwingen, obwohl er bei seinem gutherzigen, folgsamen Enkel nie nötig hatte, Gebrauch davon zu machen. Martin schwieg. »Wo hast du sie her?« rief der Alte noch einmal mit seiner nachdrücklichen, tiefen Bassstimme; »das sag mir!« Martin erzählte die Geschichte von dem Verkauf seines geliebten Rotkehlchens. Der Großvater war sehr gerührt und wischte eine Träne vom Schnurrbart, die während der Erzählung darauf herabgetröpfelt war. »Bravo!« rief er, »du hast dich wohl gehalten. Das freut mich, dass du auf deinen Großvater so viel hältst. Jetzt wird die Martinsnacht doch noch ein Freudenfest für mich – ein wahres Fest für mein Herz. Doch gehe jetzt und sperre die Gans einstweilen in den leeren Gänsestall.«

Als der Knabe hinaus war, sprach der Großvater: »Der Junge hat ein Herz, das lauter Gold ist. Was er da getan hat, ist eine wahre Martinstat. Der heilige Martin gab dem Bettler den Mantel; der Knabe da gab aber seine ganze Freude dahin, um seinem Großvater Freude zu machen. Mein heiliger Namenspatron wird's mir ja doch nicht übel nehmen, wenn mir's so vorkommt, der Knabe habe fast noch mehr getan als der heilige Martin, der, soviel ich weiß, auch Soldat gewesen. Aus dem Knaben kann noch etwas werden.«

Der Großvater, der im Feld öfters gekocht hatte und diese Kunst noch immer ausübte, bereitete die seltene Speise selbst zu und legte davon seinem Enkel bei der Mahlzeit immer das Beste vor. Während sie noch am Tisch saßen, kam ganz unerwartet ein Bedienter aus dem Schloss mit einer Flasche Wein herein und sagte, der gnädige Herr und die gnädige Frau hätten von dem jungen Baron Adolf vernommen, wie der kleine Martin sein niedliches Rotkehlchen verkauft habe, um auf das Namensfest des Großvaters einen Braten anzuschaffen, und da wolle die gnädigste Herrschaft nun auch dem Herrn Korporal ein Glas Wein dazu senden, und lasse ihm zu dem heutigen Fest Glück wünschen. Der alte Mann fühlte sich durch diese Gnade sehr geehrt, und auch der kleine Martin freute sich, dass sein Rotkehlchen dem Großvater außer dem Braten noch zu einem guten Trunk verholfen habe.

Martin vermisste aber das trauliche Vögelein sehr hart; er mochte das Tannenbäumlein, das noch einsam und verlassen in der Stubenecke stand, kaum ansehen. Eines Abends saßen Großvater und Enkel an dem wärmenden Ofen. Wegen des wolkigen Himmels war es in der Stube früher dunkel geworden, und sie hatten deshalb etwas früher Feierabend gemacht. Es war ein sehr schauerlicher Novemberabend; es schneite und regnete draußen durcheinander, und der Sturmwind sauste und brauste, als wollte er das kleine Haus mit sich fortführen. Da rief der kleine Martin mit einmal: »Je, da ist ein Vögelein am Fenster und pickt an die Scheiben, als wollte es hereingelassen werden!« Er öffnete das Fenster – das Vögelein flog herein – und wer beschreibt die Freude des Knaben, als er in dem Vögelein sein geliebtes Rotkehlchen erblickte! Er hatte ihm ein rotes Seidenfädchen an das Füßchen gewickelt; daran würde er es erkannt haben, wenn er es auch sonst nicht erkannt hätte. »Oh du liebes Tierchen!« rief er, »so bist du denn wieder da? So hast du deinen Martin noch nicht vergessen? Wie hast du denn unsere Wohnung wiedergefunden? Gefällt's dir unter dem niedrigen Dach hier doch besser als droben im prächtigen Schloss? Nun, nun, wir haben dahier im Winter auch eine warme Stube, um nicht zu frieren, eine warme Suppe, um uns satt zu essen, und – was über alles geht – ein fröhliches Herz. Und wer sollte auch mehr verlangen?«

Er streckte die Hand aus, und das Vögelein flog ihm darauf. »Nicht wahr«, sagte er, »du möchtest wieder dableiben? Aber das verstehst du nicht besser. Ich darf dich nicht hier behalten; das wäre gerade

wie gestohlen! Ich muss – muss dich wieder heimgeben. Ach!«
seufzte er und drückte das Vögelein auf die nasse Wange; »du glaubst
nicht, wie hart es mich ankommt, dich fortzutragen; aber es muss
doch sein.«

»Bravo, Junge!« sprach der Großvater, »das ist recht, das ist deine
Schuldigkeit. Darum trag das Vögelein nur gleich fort, sonst kommt's
dich immer schwerer an. Was nicht unser ist, soll nicht einmal unter
unserm Dach übernachten. Also mach', dass du fortkommst, ehe es
vollends Nacht wird.« Martin nahm seine Pelzmütze, die ihm der
Großvater zum Namenstag geschenkt hatte, und lief im Schnee und
Regen hinauf in das Schloss. Der kleine Adolf hatte eine große
Freude, als er das Vögelein in der Hand des Knaben wieder erblickte.
Die gnädige Frau aber, die mit ihrer Arbeit auf dem Kanapee saß
und zwei hellleuchtende Wachskerzen vor sich auf dem Tisch stehen
hatte, ward von der Ehrlichkeit des Knaben innigst gerührt. »Das ist
ja recht schön von dir, Kleiner«, sprach sie, »dass du das Vögelein
wieder zurück bringst. Du hättest es leicht behalten können, ohne
dass wir etwas davon gewusst hätten. Ja, wenn ich es auch in deiner
Stube gesehen hätte, so hätte ich sicher geglaubt, es wäre ein anderes
Rotkehlchen. Dass ein so kleines Vögelein so viele Anhänglichkeit
an die Menschen habe, und dass es sogar die Wohnung, wo es gast-
freundlich bewirtet worden, wieder finden könne, hätte ich nicht
geglaubt. Da ein so kleines Geschöpf nicht ohne Gefühl, sondern erkenntlich und dankbar ist, wieviel mehr sollten wir Menschen es
sein!«

Martin machte, indem er das Vögelein dem kleinen Baron Adolf
übergab, ein recht betrübtes Gesichtchen. Die gnädige Frau aber
sprach zu Adolf: »Lieber Adolf, du siehst, das Rotkehlchen war die
einzige Freude des armen Knaben. Er hat, wie du wohl weißt, es
recht von Herzen hinweg verkauft, seinen alten Großvater zu erfreuen.
Du hast das Vögelein aus Nachlässigkeit entkommen lassen; es hatte
ihn aber so lieb gewonnen, dass es von selbst wieder zu ihm zurück-
kehrte. Er ist so ehrlich und bringt es dir wieder, so lieb er es hat
und so gern er es behalten hätte. Wäre es nun wohl schön, ihm das
Vögelein wieder abzunehmen?«

»Nein«, sagte Adolf, »das wäre nicht schön! Da, guter Martin, hast du dein Rotkehlchen wieder; ich schenke es dir zur Belohnung deiner Ehrlichkeit!« Martin wollte das Vögelein, das der junge Herr so teuer bezahlt hatte, nicht nehmen. Allein Adolf bestand darauf. »Nimm, nimm«, sagte er; »und wenn du einmal wieder ein Rotkehlchen fängst, so magst du es mir dann bringen.« Martin war hoch erfreut. »Wenn Sie mir Ihr ganzes Schloss geschenkt hätten«, sagte er, »so hätten Sie mir keine größere Freude machen können.« Die gnädige Frau aber, die über die Denkart ihres Sohnes noch mehr erfreut war als Martin über das Rotkehlchen, ging an ihre Kommode, nahm ein schönes, glänzendes Goldstück heraus, gab es dem Martin und sagte: »Da mein Adolf dein edles Herz so gut zu schätzen weiß und dir zur Belohnung deiner Redlichkeit das Vögelein schenkte, wie sollte seine Mutter dich unbelohnt gehen lassen! Nimm da dieses Gold; denn deine Ehrlichkeit ist mehr wert als Gold!«

Martin eilte voll Freude und in hohen Sprüngen den Schlossberg herab und stürzte beinahe zur Stubentür herein. »Da hab ich das Rotkehlchen schon wieder!« rief er, »das ist schon das drittemal, dass es unter unser Dach kommt. Es ist ein wahres Glücksvögelein. Sieh nur, Großvater, was es mir eintrug!« Er zeigte dem Großvater das Geld und sagte: »Nicht wahr, das ist ein schönes Goldstück? Das musst aber du nehmen. Ich bin reich genug, da ich nun mein liebes Vögelein wieder habe.«

»Siehst du«, sagte der Großvater, »dass es wahr ist, was ich dir immer sage. Auch die gnädige Frau schätzt die Ehrlichkeit höher als Gold. Alle guten Menschen denken so. So dachte auch der gute König, dem zu dienen ich einmal die Ehre hatte und der hier auf dem Gold abgebildet ist. Da sieh einmal sein Bild! Es ist zum Sprechen getroffen; und wenn es sprechen könnte, so würde es sagen, wie der alte Korporal Frank immer sagt: ›Bursche, werde ein ehrlicher Kerl!‹ Für das Goldstück will ich dich aber neu montieren lassen. Der Rock ist dann ein wahres Ehrenkleid für dich; du hast ihn dir durch deine Ehrlichkeit erworben. Mache nur, dass du dein Leben lang nie einen anderen Faden, als der ehrlich und redlich verdient ist, am Leib trägst.«

Dem kleinen ehrlichen Martin aber brachte sein Rotkehlchen noch mehr ein als einen Dukaten. Er und sein Großvater wurden durch dasselbe mit der Herrschaft im Schloss näher bekannt. Einmal an einem heiteren Wintermorgen ging die Herrschaft spazieren und kam an Martins Wohnung vorbei. Der junge Herr sagte: »Ich möchte doch einmal sehen, ob das Rotkehlchen noch lebt!« Man ging hinein. Herr von Waldberg, der den alten Korporal Frank nur vom Ansehen kannte, ließ sich mit ihm in ein Gespräch ein, erkundigte sich nach seinen Feldzügen und fand an ihm großes Wohlgefallen. Er redete von nun an allemal mit ihm, wenn er auf der Jagd ihn im Wald traf; er kam wohl selbst zu ihm in das Haus, um sich einen Pfeifenkopf auszusuchen, und sah ihm bei seiner Arbeit unter mancherlei Gesprächen stundenlang zu. Adolf kam zuzeiten auch mit, unterhielt sich mit Martin und lud ihn manchmal ein, in das Schloss zu kommen.

Indes spürte der Großvater nach und nach die Beschwerden des Alters; er machte daher eine Herzensangelegenheit daraus, vor seinem Tod seinen Enkel gut zu versorgen. Er hatte bisher immer gedacht, Martin werde sich einmal mit Verfertigung von Dosen und Pfeifenköpfen gut ernähren können. Allein mehrere fleißige Hausväter in dem Dorf, die sich im Sommer mit dem Feldbau beschäftigten und im Winter nichts zu tun wussten, hatten sich nach dem Beispiel des alten gewerbsamen Kriegers auch auf diesen Nahrungszweig verlegt. Die Dosen und Pfeifenköpfe wurden nun, da sie nicht mehr so selten waren, nicht mehr so gut bezahlt. Der Großvater sann deshalb darauf, seinen Enkel ein anderes Handwerk lernen zu lassen, das zwar mehr Kräfte und Geschicklichkeit erfordere, aber seinen Mann auch reichlicher nähre. Allein er hatte schon seinem Sohn und seiner Tochter so viel gegeben, dass ihm selbst wenig übrig geblieben, und sein Enkel Martin hatte so viele Geschwister, dass dessen Eltern genug zu tun hatten, alle zu erhalten. Der gute Greis sah daher im Aufbringen des Lehrgeldes mit den Kosten nicht recht hinaus.

Da kam nun der junge Martin, der jetzt bereits vierzehn Jahre alt war, wieder einmal in das Schloss, dem Baron Adolf zu seinem Geburtstag Glück zu wünschen. Adolf zeigte ihm einen sehr schönen Schreibschrank von kunstreich eingelegter Arbeit, den seine Eltern ihm zum Geburtstag geschenkt hatten. »Der geschickteste Meister in der Stadt hat ihn gemacht«, sagte Adolf; »sag einmal, wie gefällt er dir?« Martin betrachtete den Schrank mit großer Aufmerksamkeit. »Das sind herrliche Maser!« rief er; »ich habe noch keine schönere gesehen! Auch das übrige Holz ist sehr schön. Dieses dunkelbraune da ist von Nussbaum, dieses rotbraune von Kirschbaum, das gelbe da von Birnbaum, und das schöne weiße von Ahorn.« Herr von Waldberg, der eben in das Zimmer trat, verwunderte sich, dass Martin alle Holzarten zu nennen wusste, und fragte: »Wer hat sie dich alle so gut kennen gelehrt?« – »Mein Großvater«, sagte Martin. »Ich habe mir von allen Arten Holz, die es in unserm Wald und unsern Baumgärten gibt, eine Sammlung gemacht. Sie besteht aus lauter kleinen Brettchen, die ungefähr so geformt sind wie die kleinen hübschen Bücher hier auf dem Schrank; sie gleichen auch sonst den Büchern; die Rinde, die ich daran ließ, stellt gleichsam den Rücken vor, und das übrige Holz, das ich schön polierte, den Deckel und den Schnitt.«

Herr von Waldberg dachte, den Geburtstag seines Sohnes nicht schöner feiern zu können als durch eine edle Handlung. Er sagte daher: »Nun, Martin! Du verstehst dich sehr gut auf das Holz. Wie ich weiß, bist du auch im Verfertigen der Pfeifenköpfe schon sehr geschickt. Allein ein solcher Schrank ist doch ein viel schöneres Stück Arbeit. Möchtest du nicht diese Kunst lernen und ein Schreiner werden?« – »Warum nicht?« sagte Martin; »nichts lieber. Aber mein Großvater vermag das Lehrgeld nicht zu bezahlen.« – »Nun wohl«, sagte der gnädige Herr, »für das Lehrgeld will ich sorgen. Wenn es deinem Großvater recht ist, so will ich dich dem Meister, der diesen Schreibschrank machte, in die Lehre geben.« Martin ward über dieses Anerbieten sehr erfreut, und auch der Großvater sah es für ein großes Glück, ja für eine Fügung Gottes an und forderte seinen Enkel auf, Gott für diese große Wohltat recht von Herzen zu danken.

Martin kam in die Lehre, wurde nach drei Jahren Gesell, reiste dann in die Fremde und kehrte als ein gesunder, unverdorbener junger Mann, wohl gekleidet, von blühendem Aussehen und seiner Kunst wohl kundig, zur größten Freude seines alten Großvaters wieder zurück. Herr von Waldberg war mit der ersten Arbeit, die er bei ihm bestellte, höchst zufrieden und sagte: »Nun wohl, mein lieber Martin! Es war lange mein Wunsch, einen geschickten Schreiner im

Ort zu haben. Ich werde dich daher hinreichend unterstützen, eine eigene Werkstätte zu errichten.« Das alte Haus wurde nunmehr neu gebaut. Herr von Waldberg gab ihm alles erforderliche Holz dazu unentgeltlich, und der junge Meister verfertigte alle Schreinerarbeit daran mit eigener Hand; auch fand er, da er ebenso billig als geschickt war, reichlichen Verdienst und verheiratete sich in der Folge mit einer sehr tugendhaften, sittsamen und fleißigen Bürgerstochter.

Der Großvater, nunmehr ein ehrwürdiger Greis, erlebte diese Freude noch und wohnte bei seinem Enkel in dem neuen Haus, sehr geehrt und zufrieden. Martin konnte auch seinen Eltern und Geschwistern sehr viel Gutes erweisen. Als einmal Martin am Namensfest des Großvaters Eltern, Geschwister und die übrigen Verwandten auf eine Martinsgans eingeladen hatte und alle sehr vergnügt und fröhlich waren, sagte der Großvater: »Es ist wohl das letztemal, dass ich alle meine Lieben an einem Tisch so beisammen sehe! Mit Freuden erinnere ich mich noch jenes Abends, da Martin noch als kleiner Knabe aus Liebe zu mir jenes Rotkehlchen verkaufte, um mir auf den Martinstag einen fröhlichen Abend zu verschaffen. Unter Gottes Leitung war jenes Vögelein die erste Veranlassung zu Martins Glück. Gott belohnte seine Liebe zu mir, seine Ehrlichkeit, seinen Fleiß, seine gute Ausführung und setzte ihn in den Stand, mir einen fröhlichen Abend meines Lebens zu bereiten und auch alle reichlich zu unterstützen. Nun will ich gerne sterben, da derjenige, der auch für die Vögel sorgt, durch ein Rotkehlchen so liebreich für uns alle gesorgt hat.«

Die Kuchen

Fritz, ein lebhafter, fröhlicher Knabe von zehn Jahren, war der Sohn des Jägers zu Grünental. Eines Morgens sollte sein Vater einen Brief des Herrn von Grünental nach Rauhenstein tragen, einem Schloss, das jenseits rauher Berge einsam in einem großen, dichten Wald lag. »Der Gang wird mir sauer werden«, sagte der Vater; »seit ich mir neulich auf der Jagd den Fuß übertreten habe, ist er noch immer nicht ganz hergestellt. Nach Rauhenstein aber hat man wohl drei Stunden zu gehen. Da indes der gnädige Herr es befiehlt, so will ich es wagen.« Allein Fritz erbot sich zum Briefträger. »Schickt mich, lieber Vater!« sagte er. »Der Weg geht freilich fast durch lauter Waldungen; allein mir ist nicht bange! Bis zu unserm Grenzstein ist er mir ja bekannt; und weiterhin will ich ihn schon finden und den Brief richtig bestellen.« – »Nun wohl«, sagt der Vater; »gib aber den Brief dem Herrn von Rauhenstein, den du wohl kennst, in seine eigenen Hände. Es ist viel Geld in dem Brief, und du bekommst gewiss ein gutes Trinkgeld.« Der Vater beschrieb ihm noch den Weg von der Grenze bis Rauhenstein aufs genaueste, und Fritz hängte seine kleine Jagdtasche um, nahm seine Flinte auf den Rücken und machte sich unverzüglich auf die Reise.

Fritz kam glücklich in dem Schloss Rauhenstein an, bat die Bedienten, ihn zu melden, indem es ihm befohlen sei, den Brief dem gnädigen Herrn selbst zu übergeben. Ein Bedienter führte ihn die breite steinerne Treppe hinauf und wies ihn in ein prächtiges Zimmer. Herr von Rauhenstein machte mit einigen Offizieren, die bei ihm auf Besuch waren, eben ein Kartenspiel. Fritz verneigte sich vor den Herren und übergab den Brief, in dem sich hundert Gulden in Gold befanden. Herr von Rauhenstein ging an seinen Schreibtisch und schrieb einige Zeilen, den Empfang des Briefes zu bescheinigen. »Es ist gut«, sagte er hierauf und setzte sich wieder an den Spieltisch; »jetzt kannst du wieder gehen. Weitere Antwort ist für jetzt nicht nötig; sie wird folgen.«

Fritz kam wohl recht traurig die steinerne Treppe herab; denn er war hungrig und durstig und ziemlich müde. Als er über den

Schlosshof ging, begegnete ihm die Köchin, die eben aus dem Garten kam und in einer Hand einige Stauden Blumenkohl, in der andern Hand aber ein Messer trug. Sie sah es dem armen Knaben an dem Gesicht an, wie es ihm um das Herz war. »Komm mit mir, kleiner Jäger«, sagte sie freundlich, »ich will dir etwas zu essen und einen Trunk Bier geben. Du möchtest sonst unterwegs verschmachten. Du hast sehr weit nach Hause und findest auf dem ganzen Weg kaum eine Herberge. Du musst es übrigens dem gnädigen Herrn nicht übelnehmen, dass er dir nichts zu essen anschaffte, er denkt nicht an dergleichen Sachen; indes hat er nichts dagegen, wenn man den Leuten etwas gibt.«

Die Köchin führte den Fritz in die Küche, wo das Feuer auf dem Herd hoch emporloderte und viele Töpfe und Bratpfannen umherstanden. »Leg nun«, sagte sie, »deine Jagdtasche und dein Gewehr ab, und setze dich hierher!« Sie zeigte auf ein kleines Tischchen in der Ecke der Küche, neben dem eine Bank an der Mauer befestigt war. Sie brachte Suppe, Fleisch und Gemüse, auch Brot und ein Krüglein Bier. Der gute Fritz ließ es sich so gut schmecken wie fast noch nie in seinem Leben. Er ward recht erquickt und dankte herzlich für das Genossene.

Fröhlich und vergnügt trat Fritz seinen Weg nach Hause an. Allein als er in dem Wald etwa eine halbe Stunde weit gegangen war, erblickte er auf einem freien Platz, auf dem einige alte Eichen standen – ein Eichhorn. Das nette, muntere Tierchen war ihm etwas Seltenes; denn in dem Jagdbezirk von Grünental hatte er kaum ein- oder zweimal eines gesehen. Er war noch etwas kindisch, und da fiel ihm ein, das Eichhorn, das noch jung schien, lebendig zu fangen. Er warf danach mit einem Stück eines dürren Astes, das er unter den Bäumen fand, verfolgte das Tierchen von Eiche zu Eiche bis in den dichtesten Wald und verlor darüber den rechten Weg. Er irrte den übrigen Tag und die halbe Nacht im Wald umher, bis er endlich, von Angst und dem vielen Hin- und Herlaufen ermüdet, sich unter niedriges Gesträuch verkroch und einschlummerte. Er schlief sehr unruhig und stand fast abgematteter auf als er sich niedergelegt hatte. Er blickte um sich und ging, immer noch zweifelnd, wohin er sich wenden sollte, weiter. Die ganze Gegend umher war ihm fremd. Die vielen

Hirsche, die hier und da, von ihm aufgeschreckt, die Flucht nahmen, ließen ihn vermuten, dass er sich in einer ganz unbesuchten Gegend des Waldes befinden müsse. Ein Rudel Wildschweine, unter denen sich ein grimmiger, ungeheuer großer Eber befand und mit den scharfen Fangzähnen ihm drohte, setzten ihn sehr in Schrecken, und er entfloh mit Todesangst. Es ward endlich Mittag, und er war so müde und hungrig, dass er nicht mehr weitergehen konnte. Er hatte sich heiser gerufen – aber keine Antwort vernommen als den Widerhall. Nirgends fand er eine Beere oder auch nur einen Tropfen Wasser, seinen Hunger und Durst zu stillen. Trostlos warf er sich unter eine Tanne nieder. Er betete mit Inbrunst, Gott wolle ihn doch nicht verschmachten lassen. Von Hunger gequält, durchsuchte er seine Jagdtasche, ob er nicht noch einige Brosämlein von dem Brot fände, das er von Hause mitgenommen und auf dem Weg nach Rauhenstein verzehrt hatte. Aber – welches Erstaunen, welche Freude ergriff ihn mit einemmal! In seiner Jagdtasche steckte ein schönes, großes Stück Kuchen, nebst einigen saftigen Birnen. »Dies«, rief er, »hat mir die gute Köchin, ohne dass ich es merkte, in meine Jagdtasche gesteckt.« Er dankte Gott mit Tränen und gelobte ihm heilig, gegen alle Dürftige, besonders gegen Fremde, wohltätig zu sein; auch nahm er sich vor, der wohltätigen Rosalia, so hieß die Köchin, diese Wohltat, wenn er je einmal reich genug werden sollte, reichlich zu vergelten. »Denn«, sagte er, »nächst Gott hat ihre Güte mir das Leben gerettet. Ohne ihre milde Gabe wäre ich sicher hier in dem wilden Wald verschmachtet.«

Fritz stand neugestärkt auf und machte sich mutig wieder auf den Weg. Er wanderte, soviel er aus dem Stand der Sonne abnehmen konnte, jener Gegend zu, in der Grünental lag. Nachdem er eine Stunde gegangen war, hörte er in weiter Ferne die Schläge einer Holzaxt. Er ging darauf zu und traf zwei Holzhauer, die eine große Tanne fällten. Sie zeigten ihm den Weg, der nach Grünental führte, und so kam er denn endlich wieder glücklich nach Hause, zur großen Freude seiner Eltern, die um seinetwillen keine geringe Angst ausgestanden hatten.

Indes gab der Vater dem Knaben einen nachdrücklichen Verweis und manche gute Lehre. »So geht's«, sprach er unter anderm, »wenn man sich von irgendeiner Lust verleiten lässt, vom rechten Weg abzuweichen. Du hättest in dem wilden Wald, fern von dem väterlichen Haus, verschmachten können und hast deinen törichten Wunsch, jenes Eichhörnchen zu fangen, nicht einmal erreicht. Dem Weg durch einen gefährlichen Wald gleicht unser Weg durchs Leben, auch da gaukelt uns, gleich jenem verführerischen Tierchen, manche Lust vor den Augen und sucht uns von dem Pfad der Tugend abzulenken. Wie ich dir, lieber Fritz, den rechten Weg durch jenen Wald getreulich beschrieben habe, so zeichnet Gott uns durch seine Gebote den rechten Weg für die Pilgerreise durch das Leben vor. Lass dich durch keine Erdenlust verführen, zur Rechten oder zur Linken davon abzuweichen. Sonst könntest du leicht in das Verderben geraten und würdest das rechte Vaterhaus dort oben ewig nicht erreichen.«

»Überhaupt«, fügte der Vater noch bei, »verrückt die Vergnügungssucht den geraden Sinn des Menschen und macht sein Herz für die besseren Empfindungen gefühllos. Der Herr von Rauhenstein, mit dem du so übel zufrieden bist, ist sonst gar kein übler Mann. Allein da er eben auf das Spiel bedacht war, so fiel es ihm gar nicht ein, wie nötig du eine Erquickung habest, und er dachte nicht einmal daran, dir ein kleines Trinkgeld zu geben, obwohl er damit dir eine große Freude hätte machen können. Was dir aber an andern missfällt, davor hüte dich selbst; vergiss über deinem Vergnügen nicht, deinen Mitmenschen Freude zu machen und ihnen Gutes zu erweisen. Was dir an andern wohlgefällt, das tu auch du; sei immer so mitleidig und wohltätig gegen alle Menschen, wie die gute Schlossköchin Rosalia es gegen dich gewesen ist.«

Fritz ward ein sehr geschickter Jäger, treu und unermüdet im Dienst, freundlich und gefällig gegen jedermann, und sein ganzes Betragen war ohne Tadel. Besonders aber war er gegen dürftige, ehrbare Reisende sehr mitleidig und wohltätig. Er hatte die Wohltat, die Rosalia ihm erwiesen hatte, nicht vergessen. Er ging auch deshalb einmal besonders nach Rauhenstein, um ihr zu erzählen, wieviel er ihr zu danken habe. Allein sie hatte den Dienst bereits verlassen, und niemand in dem Schloss konnte ihm Auskunft geben, wo sie gegenwärtig sich aufhalte. Er hörte nichts mehr von dieser seiner Wohltäterin.

Fritz kam einige Jahre nachher wegen seiner ausgezeichneten Geschicklichkeit und Rechtschaffenheit als Jägerbursch zu dem fürstlichen Oberjäger und erhielt in der Folge den einträglichen Jägerdienst zu Tanneck. Er erzählte seiner Ehegattin, die ebenso gut wie er gesinnt war, manches von den Tagen seiner Kindheit, besonders aber von der freundlichen Rosalia, die durch ihre Wohltätigkeit ihm das Leben gerettet habe. Beide nahmen sich vor, da sie der guten Rosalia ihre Wohltat nicht vergelten konnten, gegen alle Dürftige so wohltätig zu sein, als in ihren Kräften stand. Da das neue, schöne Jägerhaus Tanneck nur einige Schritte von der Landstraße, am Eingang des Waldes, lag, so hatten sie hierzu auch manche Gelegenheit.

Einmal, an einem schwülen Nachmittag, holte die Jägerin an dem nahen Rohrbrunnen ein Glas Wasser. Da erblickte sie auf dem Rasensitz, den ihr Mann zur Bequemlichkeit der Reisenden unter zwei schattigen Tannen nächst dem Brunnen angelegt hatte, eine etwas ärmlich, aber sehr reinlich gekleidete Bürgersfrau, die hier ausruhte und sehr ermüdet schien. Ein geflochtener Deckelkorb stand neben ihr auf der Rasenbank, und ein Stab lehnte dabei. Die Jägerin, der die sanfte, aber wehmütige Miene der Frau zu Herzen ging, grüßte sie freundlich und bot ihr an, herein in die Stube zu kommen, wo sie ihr einige Erfrischungen vorsetzen wolle. Die Fremde nahm das freundliche Anerbieten dankbar an und trat in die Stube. Die Jägerin trug ihr ein Stück übrigen Hirschbraten auf und schenkte ihr ein Glas Bier ein. Beide wurden bald vertraut, und die Fremde erzählte das Anliegen, das sie auf dem Herzen hatte.

»Ich bin«, sagte sie, »wohl zwölf Stunden von hier zu Hause. Mein Mann ist ein sehr guter Meister in Verfertigung von Kugelbüchsen, Flinten und Pistolen. Er arbeitete Tag und Nacht und verdiente soviel, dass wir nebst den Kindern, mit denen Gott unsere Ehe gesegnet hat, unser hinreichendes Auskommen fanden und noch wohl etwas zurücklegen konnten. Allein seit einiger Zeit hat der liebe Gott uns mit allerlei Unglücksfällen heimgesucht. Mein Mann hatte das Unglück, dass eine neue Flinte, die er probiere, zersprang; seine Hand ward davon so sehr beschädigt, dass er wohl schon seit einem Jahr nichts mehr verdienen konnte. Durch den Krieg, der auch in unsern Gegenden gewütet, hatten wir schon zuvor vieles verloren. Der

Mangel an Verdienst, nebst den Heilungskosten, hat uns noch weiter zurückgebracht. Endlich sind wir durch die Viehseuche um unsere Kühe gekommen. Da wir auf unser Haus und unsere Wiesen bereits haben Schulden machen müssen, so wollte uns niemand Geld vorstrecken, um wenigstens eine andere Kuh zu kaufen, die uns zu unserem Lebensunterhalt unumgänglich nötig ist. Ich habe, wohl zwei starke Tagreisen von meiner Heimat, einen Bruder, der ein hübsches Vermögen besitzt. Der Bruder, dachte ich, wird mir das benötigte Geld wohl leihen! Ich habe die weite Reise unternommen, ihm meine Not zu klagen und Hilfe bei ihm zu suchen. Mit zwanzig bis dreißig Gulden hätte ich eine Kuh kaufen können, und so wäre uns geholfen gewesen. Der Bruder war sehr geneigt, mir das Geld zu schenken; allein die Schwägerin gab nicht einmal zu, dass er es mir auch nur vorstrecke. Sie ward sehr aufgebracht über mich und machte mir harte Vorwürfe, dass ich einen Mann ohne Vermögen geheiratet habe. Der Bruder gab mir jedoch heimlich eine Kleinigkeit, womit ich meine Reise kaum zur Hälfte bestreiten kann. Indes war es all sein Taschengeld, das ihm zu seinem Vergnügen überlassen war. Eben komme ich von ihm her. – Ach!« seufzte sie, indem sie die Augen trocknete. »Ich bedaure meinen Bruder; noch mehr aber meinen guten Mann und meine lieben Kinder! Sie sehnen sich mit Schmerzen auf meine Zurückkunft und erwarten sichere Hilfe; wie wehe wird es ihnen tun, wenn ich mit leeren Händen zurückkehre!«

Indes kam der Jäger mit einer wohlgefüllten Jagdtasche von der Jagd zurück. Er grüßte die Fremde sehr freundlich. Die Jägerin erzählte, wie sie der Frau hereingerufen und was die gute Frau für ein Anliegen habe.

»Recht so, Dorchen!« sagte der Jäger. »Das freut mich in der Seele, dass du nach meinem Sinn handeltest und der fremden, bedrängten Frau von dem mitteiltest, was uns Gott beschert hat. Wohltätigkeit, besonders gegen Fremde und Reisende, ist eine der heiligsten Pflichten.«

»Ich habe dazu noch eine besondere Ursache!« sagte er zu der fremden Frau, indem er einen Stuhl herbeilangte, sich an den Tisch setzte und die Jägerin bat, ihm einen Krug Bier zu bringen. Er fing an, die Geschichte aus seiner Jugend zu erzählen, wie die gute Rosalie, die Köchin zu Rauhenstein, ihn durch ein Stück Kuchen vom Hungertod errettet habe.

»Heiliger Gott!« rief jetzt die fremde Frau und schlug die Hände zusammen. »Jene Köchin war ich. Ich heiße Rosalia; Ihr heißt Friedrich – und euer seliger Vater war Förster zu Grünental. Ich kann Euch noch an einige kleine Umstände erinnern, die Ihr in Eurer Erzählung nicht erwähnt habt. Das Essen, das ich Euch vorsetzte, bestand außer Suppe aus grünen Erbsen und gelben Rüben mit geräuchertem Fleisch; das helle, gläserne Krüglein, worin ich Euch das Bier brachte, hatte einen zinnernen Deckel, worauf ein Hirsch abgebildet war, der Euch sehr wohl gefiel. Mit dem Herrn von Rauhenstein aber wart Ihr übel zufrieden und sagtet, er habe seinen Namen nicht umsonst; ich verteidigte ihn aber und sagte, er sei milder, als er scheine. Ich kann es gar nicht aussprechen, wie es mich freut, dass ich Euch durch jenes kleine Stücklein Kuchen einen so großen Dienst geleistet habe, und dass ich Euch so unvermutet und in so guten Umständen wiederfinde. Wie wunderbar doch Gott alles führt! – Ich hätte Euch aber nicht mehr gekannt. Ihr seid aus dem kleinen Jägerknaben ein rüstiger, stattlicher Mann geworden, und Gott hat Euch, wie ich sehe, in allem gesegnet.«

Der Jäger grüßte Rosalie nun noch einmal und hieß sie tausendmal willkommen. »Ihr kamt mir«, sagte er, »sogleich auf den ersten Blick bekannt vor; indes konnte ich mich nicht sogleich deutlich erinnern. Bald schien es mir jedoch, wiewohl die Zeit Euch indes etwas verändert hat, Ihr seid jene gütige Rosalie. Ich wollte meiner Sache erst recht gewiss werden und erzählte Euch deshalb jene Geschichte. Nun gottlob, dass ich Euch wiedergefunden habe; ich freue mich unbeschreiblich. Heute dürft Ihr nicht mehr weiter. – Dorchen, tische auf, was Küche und Keller vermag!«

Rosalie wollte sich nicht aufhalten lassen. »Morgen auf den Abend muss ich zu Hause eintreffen«, sagte sie. »Da jetzt die größte Hitze vorüber ist, so will ich heute noch einige Stunden weit gehen, weil mir zwölf Stunden für den morgigen Tag doch zuviel wären.«

Allein der Jäger sagte: »Das lässt sich schon wieder einbringen. Morgen spann ich meinen Schimmel in mein leichtes, offenes Wägelein und führe Euch so weit als der Gaul laufen kann. Wenn ich nicht übermorgen notwendig bei einer Jagd, die der Fürst einigen vornehmen Gästen gibt, erscheinen müsste, so würde ich Euch ganz nach Hause fahren.«

Auch die Jägerin zeigte eine große Freude, die Retterin ihres Mannes kennenzulernen. Rosalie musste den vereinten Bitten der guten Leute nachgeben. Sie blieb – und die Jägerin bereitete nun ein ländliches, ganz ausnehmend gutes Abendessen. Zu Ende der Mahlzeit brachte sie noch einen Kuchen. Er war eben nach der Art wie jener Kuchen Rosaliens zubereitet und überdies noch mit den schönsten Blumen umkränzt. In der Mitte des Kuchens aber waren mit großen, weißen Zuckerperlen die Worte eingelegt: »Aus Dankbarkeit.«

»Ach«, sagte Rosalie, »schneidet den schönen Kuchen nicht mehr an; ich bin so satt, dass ich keinen Bissen davon mehr genießen könnte.«

»Nun wohl«, sagte die Jägerin, »so müsset Ihr den Kuchen in Eurem Korb morgen Euren Kindern mit nach Hause nehmen.«

Der Jäger hatte auch Wein aus seinem Keller bringen lassen, und er und sein Dorchen tranken mehrmals auf Rosaliens Wohlsein, und Rosalie musste allemal mit anstoßen. »Denn«, sagte der Jäger zu ihr, »ohne Eure Wohltätigkeit säßen wir nicht hier, und dieses Haus, in dem ich und meine Dorothea so glücklich sind, würde von anderen Leuten bewohnt.«

Am folgenden Morgen spannte der Jäger sogleich mit Anbruch der Morgenröte an, um seine Retterin recht weit fahren zu können. Die Jägerin hatte für ein reichliches Frühstück gesorgt und füllte den fast leeren Korb der guten Frau mit dem Kuchen, nebst einigen andern Lebensmitteln auf die Reise und allerlei kleinen Geschenken für ihre beiden Kinder. Der Jäger fuhr mit ihr weit über den halben Weg. Endlich nahm er Abschied von ihr und versprach ihr, dass er nebst seiner Frau sie bald besuchen und einige neue Gewehre bei ihrem Mann bestellen werde, was in der Folge auch geschah.

Rosalie reiste vergnügt weiter. Als sie ihrem Wohnort sich näherte, erblickte sie ihre zwei Kinder, Wilhelm und Therese, die ihr eine Strecke Weges entgegengegangen waren. Die Kinder sprangen, sobald sie die Mutter erblickten, mit lautem Freudengeschrei auf sie zu. Sie wollten sogleich wissen, was die Mutter in dem Korb mitgebracht habe. »Wartet nur, bis wir vollends zu Hause sind«, sagte die Mutter. »Man muss nicht so neugierig und gelüstig sein.«

Unter der Haustür kam der Mann ihr entgegen. Alle gingen miteinander in das Haus. Die Mutter erzählte zuerst, wie hart ihr die Schwägerin begegnet sei, und sagte dann, dass sie leider kein Geld bringe. Ihr Mann war darüber recht betrübt, und alles, was sie von der guten Aufnahme bei dem Jäger erzählte, konnte ihn nicht mehr erheitern. Die Mutter öffnete indessen ihren Korb und langte den Kuchen hervor. Über den schönen Kuchen vergaßen die Kinder alles Jammers; sie erhoben einen großen Jubel. Der Vater aber konnte die Tränen kaum zurückhalten. »Was hilft uns der Kuchen«, sagte er; »denn woher nehmen wir nun zwanzig bis dreißig Gulden zu einer Kuh?« Aber sieh – als die Mutter den Kuchen zerschneiden und den Kindern davon austeilen wollte, blieb das Messer darin stecken, und sie konnte ihn nicht durchschneiden.

»Das ist ein seltsamer Kuchen«, sagte sie; »es muss aus Versehen etwas Hartes hineingebacken sein!« Sie zerbrach den Kuchen – und da kamen denn zuerst ein paar neue Kronentaler und nach und nach ein ganzes Dutzend solcher Taler zum Vorschein, und die gute Mutter hatte eine ebenso große, unerwartete Freude als ehemals der kleine Jäger Fritz, da er in seiner Jagdtasche so unvermutet das Stück Kuchen gefunden hatte. »Lieber Gott«, sagte sie, »das Geld hat der gute Jäger Friedrich von seiner freundlichen Hausfrau in den Kuchen backen lassen, damit wir dafür eine Kuh kaufen können und uns in unserer Not geholfen werde.«

»Das Geld beträgt gerade zweiunddreißig Gulden und vierundzwanzig Kreuzer«, sagte der kleine Wilhelm, der in der Schule bereits das Kopfrechnen lernte; »dafür können wir eine sehr schöne Kuh kaufen.«

»Und dann bekommen wir wieder Milch und Butterbrot!« rief die kleine Therese und hüpfte vor Freude in der Stube herum.

Der Vater aber nahm die Mütze ab und dankte Gott mit Tränen, und die Mutter und Kinder stimmten in seinen Dank mit ein. »Das Stücklein Kuchen«, sagte er, »das du vor vielen Jahren dem jungen Jäger gegeben hast, war ein wohlangelegtes Kapital; das erhalten wir nun mit hundert-, ja tausendfachen Zinsen zurück.«

»Ja«, sagte die Mutter, »und noch unendlich reichlicher wird jede, auch die kleinste Gabe, die wir einem Dürftigen reichen, einst im Himmel belohnt werden!«

»Oh Kinder«, sprach der Vater, »lasst uns barmherzig sein, so werden wir Barmherzigkeit erfahren.«

Kupfermünzen und Goldstücke

Eine Erzählung in Briefen

Erster Brief

Margareta, ein armes Landmädchen, schreibt an ihre Mutter

Liebste Mutter!

Ich bin recht glücklich dahier in der Stadt angekommen. Die Frau, bei der ich jetzt diene, war recht erfreut, dass ich so richtig auf den Tag eintraf, und grüßte mich auf das freundlichste.

Sie erzählte mir, was sie auf den Gedanken gebracht habe, mich in den Dienst zu nehmen. Da Ihr dieses nicht wisst, wie ich es bisher selbst nicht gewusst habe, so muss ich es Euch doch auch erzählen.

Als die Frau im letzten Frühling mit ihren zwei Kindern unsern Herrn Pfarrer, ihren Bruder, besuchte, hatte sie gar vieles mit ihm zu reden und einige Schriften mit ihm durchzugehen. Die Kinder, die das erstemal auf dem Land waren, wollten lieber ein wenig im Freien herumspringen als zu Hause sitzen. Da ließ der Herr Pfarrer mich rufen, um die Kinder in den Garten, in das nahe Wäldchen und weiterhin auf die Wiese zu führen und wohl auf sie acht zu haben. Über eine Weile kamen aber doch die Frau und der Herr Pfarrer nach. Sie gingen in das Wäldchen und sahen uns auf der Wiese; wir aber konnten sie nicht sehen. Der Knabe bemerkte in dem klaren Bach einige Fischlein und wollte mit Gewalt in das Wasser waten, um sie zu fangen. Um ihn abzuhalten, sagte ich: »Kinder, kommt hierher, ich will euch noch etwas Schöneres zeigen.« Ich führte sie an ein Plätzchen, wo alles voller Blumen stand. Die Kinder hatten große Freude daran. »Nicht wahr«, sagte ich, »der liebe Gott kann doch recht schöne Blumen machen!« Die Kinder gaben mir recht. »Nun«, sagte ich, »so habt ihr den lieben Gott, der uns so schöne Sachen schenkt, auch recht lieb.« Dieses Gespräch gefiel der Frau sehr gut. Der Herr Pfarrer lobte nun Euch, liebste Mutter, gar sehr, und sagte, dass Ihr Eure Kinder recht gut erzogen; und dass wir Kinder, der Bruder und ich, in der Schule immer unter seine besten Schüler und Schülerinnen gehört. Als nun im Herbst darauf das Kindermädchen, das vor mir im Dienst der Frau gewesen, nach Hause musste, weil seine Eltern es nunmehr selbst nötig hatten, so schrieb die Frau an ihren Bruder, unsern Herrn Pfarrer, ob ich nicht Lust hätte, zu ihr in den Dienst zu treten. Der Herr Pfarrer schrieb, wie Ihr wisst, sogleich zurück, dass wir beide es als ein großes Glück ansehen und dass ich mit dem nächsten fahrenden Boten eintreffen werde. So erzählte die Frau. »Und so«, sagte sie dann zu mir und nahm mich liebreich bei der Hand, »hat uns, wie ich denke, der liebe Gott zusammengeführt.«

Sie ging hierauf mit mir in die Kinderstube, die aber ein sehr schönes, helles Zimmer mit grünbemalten Wänden ist. Die Kinder kannten mich noch und sprangen sogleich auf mich zu. Der kleine Fritz fragte: »Was macht des Onkels Pudel, der mit uns auf die Wiese lief und so schöne Künste kann, und die Steine, die man in den Bach wirft, aus dem Wasser herausholt?« Das kleine Thereschen fragte, wiewohl es bereits spät im Herbst ist: »Hast du mir von den schönen Blumen, die auf deiner Wiese wachsen, keine mitgebracht?« Ich beantwortete die Fragen der Kinder und sagte: »Anstatt der Blumen habe ich von den Bäumen, die damals so schön geblüht haben, Euch Äpfel mitgebracht.« Ich teilte sie ihnen aus, und die Kinder hatten daran große Freude, und jedes behauptete, seine Äpfel hätten die schönsten roten Backen.

Die Mutter lächelte und sagte zu mir: »Sei gegen die zwei Kinder immer so liebreich und freundlich, und habe immer wohl auf sie acht.« – »Das werde ich mit Freuden tun«, sagte ich, »es sind ja gar liebe, artige Kinder!« – »Nun wohl, tu es«, sagte die Frau, »und ich werde dann auch dir eine liebreiche, freundliche Mutter sein.«

Diese Worte der Frau waren mir sehr tröstlich und erfreulich. Allein so liebreich und freundlich wie Ihr, liebste Mutter, kann doch kein Mensch in der Welt gegen mich sein. Ach, wenn ich Eurer Tränen und Eurer mütterlichen Ermahnungen beim Abschied gedenke, so kommen mir jetzt noch die Zähren in die Augen. Ich werde es in meinem Leben nicht vergessen, wie Ihr eines meiner zwei

Päcklein getragen; wie Ihr, wiewohl ich es nicht zugeben wollte, im Regen stehenblieb, um zu warten, bis der Wagen kam; wie Ihr einen kleinen Kuchen, den Ihr eigens für mich gebacken, nebst einigen Äpfeln in ein Taschentuch gebunden und mir mit auf den Weg gegeben; wie Ihr mich dem alten, ehrlichen Boten anempfohlen und mir Eure Ermahnungen noch einmal kurz wiederholt habt. Ja, liebste Mutter, ich werde Eure Worte nie vergessen; sie sind in mein Herz geschrieben. Ich werde immer Gott lieben, gern beten, jede Sünde scheuen, böse Menschen fliehen, meiner Frau treu und redlich dienen und die mir anvertrauten Kinder wohl pflegen. Das verspreche ich Euch und dem lieben Gott, betet doch recht für mich, dass Gott mir seine allmächtige Gnade verleihe, mein Versprechen zu halten. Ich bete auch stets für Euch, und werde immer sein

Eure liebende, gehorsame Tochter

Margareta Ost.

Zweiter Brief

Margareta an ihre Mutter

Liebste Mutter!

Da schreib' ich Euch schon wieder, obwohl ich erst vor acht Tagen dem zurückkehrenden Boten einen Brief mitgegeben habe. Es ist mir gar so erfreulich und tröstlich, an Euch zu schreiben. Denn es ist mir da, als sitze ich bei Euch in unserm traulichen Stübchen und plaudere mit Euch. Die beiden Kinder, über die ich die Aufsicht habe, schlafen bereits sanft und süß. Da habe ich schon noch Zeit zu einigen Zeilen an Euch.

Meine Frau ist wirklich eine recht verständige, christliche Frau. Alles, was sie mir zu befehlen hat, sagt sie mir mit Freundlichkeit und belehrt mich liebreich über alles, was ich noch nicht weiß. Ich könnte mir keine bessere Frau wünschen. Auch die beiden Kinder haben mich sehr lieb gewonnen und sind so gern bei mir als bei ihrer Mutter. Das freut mich von Herzen und ist auch ihr sehr lieb. Denn die Frau muss, weil der Herr in seinen Geschäften viele Reisen zu machen hat, die meisten Stunden des Tages in ihrem Kaufladen zubringen.

Diesen Laden, liebe Mutter, solltet Ihr einmal sehen! Die Frau handelt mit Musselin, und Ihr könnt gar nicht glauben, wie alle diese Waren so blendend weiß und alle Fädelein so fein und gleich sind. In meinem Leben habe ich nichts so Schönes gesehen; ich konnte mich nicht genug wundern, dass man etwas so Schönes machen kann. Meine Frau sagte: »Alle diese Fäden wurden von Maschinen gesponnen.« Ich sagte in meiner Einfalt: »Von diesen Leuten habe ich zwar noch nie gehört, sie müssen aber sehr geschickt sein.« Meine Frau lachte von Herzen und erklärte mir die Sache. Sie zeigte mir hierauf gestickte Halstücher und ganze Kleider. Die weißen Blumen und Verzierungen darauf sind wunderschön. »Diese«, sagte meine Frau, »kann man nicht durch Maschinen zustande bringen; sie sind von Menschenhänden gestickt. Viele tausend Menschen – Gott sei Dank! – verdienen mit dieser Arbeit ihr Brot.«

Das Haus, das meiner Frau gehört, ist sehr groß und schön. In dem obersten Stock wohnt eine adelige Dame zur Miete. Sogleich am ersten Morgen, nachdem ich abends zuvor angelangt war, kam die Kammerjungfer herab und hielt einen weißen, steinernen Krug in der Hand, der mit blauen Blumen bemalt und mit einem glänzenden, zinnernen Deckel versehen ist. »Du!« sagte sie zu mir, »das vorige Kindermädchen hat meiner gnädigen Frau immer draußen vor dem Stadttor an dem Gesundbrünnlein das Trinkwasser geholt. Willst du es nicht auch tun? Denn unsere Köchin und die Magd haben nicht wohl Zeit dazu, und für mich schickt es sich nicht, mich mit dem Krug zu schleppen. Du aber findest abends, wenn deine Frau ihren Kaufladen geschlossen hat und auf die Kinder dann selbst achtgeben kann, leicht ein Viertelstündchen Zeit, zum Brunnen zu gehen. Du darfst es auch nicht umsonst tun. Meine gnädige Frau gibt dir für jeden Krug Wasser einen Kreuzer und wird dich am Ende der Woche immer richtig bezahlen. Nun, willst du?«

»Wenn es meine Frau erlaubt«, sagte ich, »recht gern. Allein wer wird sich denn für einen Trunk kalten Wassers bezahlen lassen? Ich will das Wasser mit Freuden umsonst holen.« Meine Frau, die dabeistand, sagte: »Nimm du diese Belohnung immerhin an. Die gnädige

Frau kann sie leicht geben, und dir werden sechs Gulden des Jahres sehr wohl bekommen.«

Ich nahm den Krug und trat mein neues Amt als Wasserträgerin sogleich an. Heute abend hatte ich eben das Licht angezündet, meine Frau strickte und die beiden Kinder spielten, da trat die Jungfer herein und brachte mir sechs rote Kreuzer. »Sie kommen eben aus der Münze«, sagte sie, »und funkeln, obwohl sie nur von Kupfer sind, wie Gold.«

Ich hatte an dem schönen, glänzenden Geld große Freude und dünkte mich überaus reich, als ich selten war. Diese sechs Kreuzer schicke ich nun Euch, liebe Mutter. Ihr könnt nun abends zu Eurem Stück trockenen Brotes doch auch einen Schoppen Bier trinken. Ich werde Euch jeden Kreuzer, den ich bekomme, immer am Ende des Monats schicken. Der Bote hat ja versprochen, alle Briefe umsonst mitzunehmen.

Ihr werdet über mein armseliges Geschenk lächeln. Ich weiß aber doch, dass Ihr es so gut aufnehmen werdet, als es gemeint ist.

So, nun gute Nacht! Es ist schon spät, und Ihr schlaft wohl schon so sanft wie die zwei Kinder hier neben mir in ihren Bettchen. Ich will mich nun auch zur Ruhe begeben, damit ich morgen wieder zur Arbeit aufstehen kann. Denn bevor morgens die Kinder erwachen, habe ich immer allerlei Hausgeschäfte zu verrichten. Gott sei mit Euch und Eurer

Euch herzlich liebenden Tochter

Margareta Ost.

Dritter Brief

Die Mutter an ihre Tochter

Liebste Tochter!

Um des Himmels willen, was hast Du getrieben? Als ich Deinen Brief aufmachte, fielen sogleich sechs neue, blanke Goldstücke heraus. Ich erschrak und zitterte an allen Gliedern! Oh du lieber Gott, rief ich, das Kind wird das Geld doch nicht gestohlen haben! Mein Gott, wenn meine Margareta sich von dem Glanze des Goldes hätte blenden und zu einer solchen Übeltat verführen lassen, so wäre ich die unglücklichste Mutter.

Ich las nun Deinen Brief. Du schreibst da von roten Kreuzern und nennst sie ein armseliges Geschenk. Das verwirrte mich. Das Kupfer kann sich doch nicht in Gold verwandelt haben, dachte ich. Ich sann lange nach. Endlich fiel mir ein, ein Bedienter der gnädigen Frau könnte sich vielleicht den Spaß gemacht haben, anstatt der roten Kupferkreuzer messingene Rechenpfennige in den Brief zu stecken, um mir anfangs eine eitle Freude und am Ende einen rechten Verdruss zu machen.

Ich lief zu dem Herrn Verwalter, der das Geld sehr gut kennt. Ich sagte, dass ich die Sache für einen mutwilligen Scherz ansehe; jedoch wolle ich ihm die gelben, glänzenden Geldstücke zeigen.

»Ja, ja«, sagte er, »das mag wohl so ein Streich eines mutwilligen Burschen sein.« Er setzte seine Brille auf und sprach: »Lasst die feine Münze einmal sehen.«

Ich gab sie ihm. »Alle Welt«, rief er, »das ist wahrhaftig echtes Gold; jedes Stück ist 11 fl. 40 kr. wert. Nein, das ist kein Spaß. Ich wenigstens möchte niemand einen solchen Spaß machen, und ich denke, kein Mensch in der Welt könnte dazu Lust haben.«

Ich ließ ihn nun Deinen Brief lesen. »Da muss ein Irrtum vorgegangen sein«, sagte er. »Die gnädige Frau muss sich, zumal es bereits Nacht war, vergriffen haben; anstatt der Kupferkreuzer erwischte sie Goldstücke.

»Es kann wohl nicht anders sein«, sagte ich, »am nächsten Botentage will ich das Geld meiner Tochter wieder zurückschicken.«

»Tut das«, sprach er, »es könnte sonst einen schlimmen Handel ansetzen.«

Ich nahm das Geld wieder mit nach Hause. Ich konnte die ganze Nacht kein Auge zutun. Ich fürchtete immer, es möchten Diebe kommen und das Geld stehlen und mich wohl gar noch obendrein erdrosseln. Mit dem Gold kam nichts als Schrecken, Angst und Sorge unter mein Dach. Ich bin recht froh, dass ich des Unglücksgeldes heute loswerde. Geh' doch augenblicklich zur gnädigen Frau und gib ihr die Goldstücke wieder zurück. Ich kann meinen Kopf nicht ruhig niederlegen, bis ich weiß, das Geld sei wieder in der Hand, der es gehört. Schreib mir doch sogleich, ob Du es an den rechten Mann oder vielmehr an die rechte Frau gebracht hast.

Georg, Dein Bruder, hat geschrieben. Er befindet sich wohl, und es geht ihm gut. Ach du mein Gott! – als ihn das Los getroffen hatte, Soldat zu werden, und er mit den Rekruten fort musste, war ich wohl recht tief betrübt und weinte mir die Augen wund. Allein der liebe Gott macht doch alles recht. Da Georg so vergnügt und zufrieden in seinem Stand ist, so bin ich auch ruhiger. Indes hat er doch allerlei Kleinigkeiten notwendig und möchte auch zuzeiten mit seinen Kameraden ein Glas Bier trinken. Alle erhalten Unterstützung von Hause; ich aber kann ihm zur Zeit keinen Kreuzer schicken. Das tut mir recht leid. Ja, wenn die Goldstücke mein gehörten, da könnte ich ihm wohl helfen! Aber nein! Ich denke, wir alle drei wollten lieber verhungern und verdursten als nur einen Heller von fremdem Eigentum entwenden.

Gott sei mit Dir, liebe Tochter, und mit uns allen, und bewahre uns vor allem Unrecht! Lebe wohl – und noch einmal, schreib doch sogleich mit dem zurückkehrenden Boten

Deiner

bekümmerten Mutter.

Vierter Brief

Margareta an ihre Mutter

Liebste Mutter!

Der Anfang Eures Briefes hat mich recht erschreckt und betrübt! Ich musste weinen, dass es Euch nur einen Augenblick einfallen konnte, es sei möglich, dass ich das Geld entwendet habe. Nein, lieber wollte ich mir die Hand abhauen lassen, als stehlen oder sonst etwas Unrechtes tun!

Ich lief, so schnell ich konnte, die Stiege hinauf zur Frau von Holm, legte ihr die sechs Goldstücke auf den Tisch und sagte: »Sie müssen mir aus Versehen anstatt der roten Kreuzer lauter Gold gegeben haben.« Die gnädige Frau schüttelte den Kopf und betrachtete die Goldstücke, eines nach dem andern. Sie schien darüber fast so erstaunt als Ihr.

Ich gab ihr nun Euren Brief zu lesen. Sie las ihn und sagte: »Das ist seltsam! Von mir aus ist aber keine Irrung vorgegangen. Für einen bloßen Spaß kann ich die Sache auch nicht ansehen. Ich denke, irgend eine unbekannte, wohltätige Hand hat das Gold in den Brief getan, um deine arme Mutter zu unterstützen. Diese Art zu geben ist freilich etwas sonderbar, aber doch gewiss wohl gemeint.«

Ich sagte mit Tränen in den Augen: »Liebste gnädige Frau! Diese unbekannte wohltätige Hand ist gewiss die Ihrige. Welche könnte es sonst sein? Sie waren so großmütig, mit diesem reichen Geschenk eine bedrängte Mutter und ihre Kinder zu erfreuen.«

»Oh nein«, sagte die Frau, »wirklich habe ich, außer einigen goldenen Schaumünzen, wenig Gold in meiner Kasse, und von so schönen neuen Goldstücken auch nicht ein einziges. Da, nimm dein Gold wieder, mein liebes Kind!«

»Aber«, sagte ich, »was soll ich denn damit anfangen? Es gehört nun einmal nicht mein. Wem soll ich es geben? Ich kann mir gar nicht einbilden, wer anstatt des Kupfers Gold in den Brief sollte gelegt haben. Raten Sie mir doch, was ich tun soll!«

»Schicke das Gold wieder deiner Mutter, der du die roten Kreuzer zugedacht hattest«, sagte die Frau. »Sie kann es mit gutem Gewissen zu ihrem Nutzen verwenden.«

Ich blieb stehen und brachte noch viele Bedenklichkeiten vor. »Ach, gnädige Frau«, sagte ich am Ende, »nehmen Sie das Gold in Verwahrung, bis man weiß, wem es gehört!«

Sie aber sprach: »Auf mein Wort, behalte das Gold. Sollte jemand darauf Ansprüche machen und deine Mutter es bereits ausgegeben haben, so will ich es vergüten.«

Da traten zwei adelige Fräulein herein, der Frau einen Besuch zu machen. Meine Kleidung war ihnen etwas Neues, da die Landleute, die aus der benachbarten Gegend in die Stadt kommen, anders gekleidet sind. Ich musste mich um und um drehen, damit sie mich recht betrachten konnten. Das kleine blaue Häubchen mit schwarzen Bändern, das rote Mieder, der grüne Rock, die weißen Ärmel und weiße Schürze wurden gemustert. »Du bist in der Tat ein hübsches Kind!« sagten sie. Das verdross mich. »Ich bin kein Kind mehr!« sagte ich. Da lachten sie und wollten mir weis machen, in der Stadt nenne man auch erwachsene Fräulein, ja mancher Herr seine Frau Gemahlin »Mein Kind«. Ich glaubte es ihnen aber nicht. Hierauf fragten sie mich, wie ich heiße. »Gretel«, antwortete ich. »Das ist ein garstiger Name«, riefen sie, »du musst dich Margot nennen.« – »Pfui«, sagte ich, »der Name, den Sie da nannten, kommt mir gar närrisch vor. Ich habe ihn noch gar nie gehört. Kein Mädchen in meinem Dorf heißt so, und ich glaube, auch keines in der Welt.« Da lachten und kicherten sie noch mehr.

Die gnädige Frau aber sagte: »Gretel, Gretchen oder das französische Wort Margot ist im Grunde einerlei Namen, und es liegt nichts daran, wie man ihn ausspricht; allein daran ist alles gelegen, dass die Menschen in einem andern Sinn auf ihren guten Namen halten und gute Menschen sind.«

Ich gab ihr Recht, nahm die Goldstücke, die noch auf dem Tisch lagen, und wollte gehen. Da machten beide Fräulein große Augen und fragten mich: »Gehört das Gold dir?« Die Frau erzählte, wie ich dazu gekommen. »Das ist wunderbar«, sagten die Fräulein, »allein ein großes Glück für dich. Nun musst du dir sogleich anstatt deiner bäuerlichen Kleidung so schöne Kleider wie die Stadtmädchen anschaffen.« Ich sagte: »Das ist kein guter Rat. Die Spinnewebe-Kleidung der Stadtmädchen ist nicht gut für ein Landmädchen.« Die Frau sprach: »Du hast recht, liebes Gretchen! Bleib du bei deiner Tracht, die mir sehr wohl gefällt. Manche Landmädchen haben mit der einfachen ländlichen Kleidung auch die ehrbaren ländlichen Sitten abgelegt und sind eitel und frech geworden. Wende du dein Gold besser an.«

Liebste Mutter! Ich weiß die Goldstücke nicht besser anzuwenden, als dass ich sie Euch schicke. Schickt davon auch dem lieben Georg. Ihr beide habt das Geld nötiger als ich.

Noch habe ich eine Bitte an euch, liebe Mutter! Meine Frau, die Madame Maier, freut sich, dass ich gut spinnen kann und der Faden so rein und fest ist. »Diesen Winter musst du mir ein Stückchen Tuch spinnen«, sagte sie. – Schickt mir, liebe Mutter, daher mein nettes zierliches Spinnrädchen, das der selige Vater noch vor seinem Tod besonders für mich gemacht hat. Denn ich kann an keinem andern so gut spinnen. Der Vater war doch der beste Dreher in unserer ganzen Gegend! Und Ihr, liebe Mutter, seid doch die beste Spinnerin. Ach, wenn wir zwei so abends beisammen saßen und die Rädlein schnurrten, so waren wir doch recht vergnügt. Ich werde den Winter hindurch an meinem Spinnrädchen recht oft an Euch denken.

Lebt wohl und macht Euch wegen der Goldstücke keine Sorge mehr, sondern schafft Euch dafür an, was Ihr den Winter hindurch braucht. Es wird bereits kalt. Kleidet Euch wärmer, und heizt bei diesem rauhen, unfreundlichen Herbstwetter doch auch ein. Friert nicht mehr so, um Holz zu sparen. Ich bin recht froh, dass ich denken kann, wenn ich so in dem warmen Zimmer sitze, Ihr habt nun auch ein warmes Stübchen.

Ich bleibe ewig

Eure gehorsame Tochter

Margareta.

Fünfter Brief

Georg an seine Schwester Margareta

Liebste Schwester!

Gott grüße Dich, Du liebe Schwester, und ihm sei Lob und Dank, dass er durch Dich sowohl der Mutter als mir eine so große Wohltat erwiesen hat.

Die liebe Mutter hat mir die drei Briefe, die Du ihr geschrieben, und zwei von den Goldstücken, die Du ihr geschickt hast, durch die Post überschickt. Du kannst denken, wie ich mich darüber freute!

Eure Ehrlichkeit aber freute mich noch mehr als das Gold; wiewohl ich das Gold auch sehr gut brauchen kann. Es kam eben zu rechter Zeit. Denn ich habe allerlei Kleidungsstücke notwendig, die wir Soldaten uns selbst anschaffen müssen, wozu aber mein Sold nicht hinreichen will. Jetzt ist mir auf lange Zeit geholfen.

Die Sache machte indes bei dem ganzen Regiment großes Aufsehen. Meine Kameraden wissen alle, dass unsere liebe Mutter sehr arm ist und nur kümmerlich zu leben hat. Sie wunderten sich daher, woher die Mutter auf einmal soviel Geld nehme. Einer hat nämlich den Brief an mich gesehen und auf der Adresse die Worte gelesen: Mit 23 fl. in Gold.

Ich erzählte ihnen, wie wir zu dem Geld gekommen, und las ihnen den Brief der Mutter und auch deine drei Briefe, die sie mir mit dem Geld geschickt hat. Allein einige aus ihnen sagten: »Geh', geh', das sind Schwänke. Kein Mensch ist so närrisch, dass er so heimlicher und verstohlener Weise für seine blanken Goldstücke rote Kreuzer eintauschen möchte. Die Goldstücke sind gestohlen.«

Die Sache kam vor meinen Herrn Hauptmann. Er ließ mich rufen.

»Nun, Ost«, sagte er, »wie ich höre, ist Er ja auf einmal reich geworden. Die Geschichte kommt mir aber doch etwas sonderbar vor. Hat Er die Briefe von seiner Mutter und Schwester mitgebracht?« – »Oh ja wohl!« sagte ich, überreichte ihm alle vier Briefe und legte die zwei Goldstücke, die ich noch nicht hatte wechseln lassen, auf den Tisch.

Er las die Briefe aufmerksam und mit sichtbarem Wohlgefallen. »Nun wohl, mein lieber Ost«, sagte er, nachdem er die Briefe alle durchgelesen hatte, »seine Mutter ist eine grundehrliche Frau und hat auch ihre Kinder, wie ich sehe, zu ehrlichen Leuten erzogen. Seine Schwester ist ein sehr rechtschaffenes Mädchen, und auch Er hat sich immer als recht braver, ehrlicher Bursche betragen. Habt beide eure Mutter immer so lieb, befolgt ihre guten Lehren, und es wird euch wohl ergehen.«

»Noch besonders«, sagte der Herr Hauptmann, »gefällt mir an seiner Schwester, dass sie gegen die alte kränkliche Frau von Holm sich so gefällig und dienstfertig bezeigte und ihr das Trinkwasser täglich von der gesunden Quelle außer der Stadt unentgeltlich holen wollte. Ich kenne diese Frau sehr gut. Sie ist meine Tante und – nicht nur nach meiner Meinung, die parteiisch sein könnte, sondern auch nach dem Urteil aller, die sie näher kennen – wirklich eine ganz vortreffliche Frau.«

»Sollte wohl«, sagte ich, »diese edle Frau sich das Vergnügen gemacht haben, durch Verwechslung der roten Kreuzer mit Goldstücken armen Leuten aus der Not zu helfen?«

»Oh nein«, sprach der Herr Hauptmann. »An gutem Willen fehlt es ihr zwar nicht; allein sie ist nicht so reich, dass sie eine kleine Gefälligkeit so überreichlich belohnen und einen Krug Wasser mit einem Goldstück bezahlen könnte. Was mit dem Kupfergeld und den Goldstücken vorgegangen, ist zur Zeit noch ein Geheimnis. Ich weiß es nicht; das weiß ich aber ganz gewiss, wenn ihr zwei Geschwister immer so gut bleibt und eure Mutter so ehrt und liebt wie bisher, so wird Gottes Segen auf euch ruhen, und ihr werdet unter den Menschen immer Wohltäter und gute Freunde finden.«

Nach einigen Tagen kam ein Kamerad, der den Herrn Hauptmann bisher bediente, nunmehr aber als Grenadier zu einer andern Kompagnie versetzt wird, und sagte zu mir, der Herr Hauptmann lasse mich rufen und werde mich, wie es scheine, zu seinem Bedienten nehmen. Denn du musst wissen, dass mehrere Herren Offiziere sich von Soldaten bedienen lassen.

Ich ging auf der Stelle zu ihm. »Nun Ost«, sagte er, »will Er mein Bedienter werden? Da Seine Schwester so treu und redlich und gegen meine Tante so diensteifrig und gefällig ist, so denke ich, Er werde es auch gegen mich sein.«

Du kannst denken, liebe Schwester, dass ich diesen Antrag mit Freuden annahm und dass ich versprach, ihm ein treuer, guter Diener zu sein. Es ist ihm auch gut dienen; er ist gar ein lieber, freundlicher Herr. Auch kann ich die Dienste, die ich ihm zu leisten habe, neben dem Dienst des Königs leicht versehen. Ich habe ihm bloß täglich sein Mittagessen auf sein Zimmer zu bringen, seine Kleider reinlich zu erhalten und was er sonst noch nötig hat, zu holen und zu bestellen. Auch muss ich sein Pferd besorgen. Dafür belohnt er mich sehr gut und lässt von seinem Essen immer etwas für mich übrig.

Neulich, da er sehr viel zu schreiben hatte, sagte er zu mir: »Höre Er einmal, Ost! Da seine Schwester so gut schreibt, so wird Er wenigstens nicht schlecht schreiben. Ihr beide seid ja in eine Schule gegangen und beide gleich fleißig gewesen. Will Er mir nicht die zwei Bogen da abschreiben?«

»Oh recht gern«, sagte ich, »so gut ich es nämlich kann.« Ich brachte sie ihm am andern Morgen. Er war damit sehr zufrieden und sagte lächelnd und im Scherz: »Vortrefflich, Herr Sekretär!« Nun gibt er mir immer abzuschreiben und belohnt mich dafür besonders. Ich stehe nun so gut als mancher reiche Bauernsohn, der zu seinem Sold noch eine große Zulage von Hause erhält.

Sieh, liebe Schwester, so haben deine Briefe und deine Kreuzer mir ein großes Glück beschert. Wir wollen Gott dafür danken, dass er alles so gut fügte, und wollen ferner auf ihn vertrauen.

Nun geht es bald wieder ins Feld. Bete, dass Gott mich und meinen lieben Herrn Hauptmann unter feindlichen Kugeln und Schwertern bewahre. Sei aber, weil ich mich so vielen Gefahren aussetzen muss, nicht traurig und kleinmütig. Gott gibt mir einen fröhlichen Mut, für mein Vaterland zu streiten. Auch der Mut unseres Herrn Hauptmann belebt den meinigen. Er sagt öfter: »Es ist süß und rühmlich, für das Vaterland zu sterben.« Er hat recht, ja ich glaube, es ist auch wahrhaft christlich, für sein Volk Blut und Leben dazugeben. Sollte ich dich und die liebe Mutter in dieser Welt nicht mehr sehen, so sage ich euch hiermit Lebewohl. Ach, es wäre mir freilich sehr leid, wenn ich das viele Gute, das die Mutter uns getan hat, ihr nicht mehr vergelten könnte. Auch das betrübt mich, dass ich mich dann deiner, liebe Schwester, nicht mit Rat und Tat werde annehmen können! Allein der gütige Gott wird, wenn er mich zu sich ruft, für euch beide sorgen – und in dem Himmel sehen wir uns ja wieder!

Gott sei mit Dir, liebste Schwester, und mit
Deinem treuen Bruder
Georg Ost.

Sechster Brief

Margareta an ihre Mutter

Liebste Mutter!

Gottlob, dass es Friede ist! Ihr wisst zwar dies schon längst. Man hat ja dem lieben Gott in allen Kirchen dafür gedankt! Aber wir finden täglich neue Ursachen, Gott zu danken.

Viele Beurlaubte sind schon zurückgekommen. In vielen Häusern ist Freude; in manchem Haus aber auch Trauer über die Gebliebenen, die nie mehr zurückkehren, und es werden viele schmerzliche Tränen vergossen.

Aber ich, liebe Mutter, musste gestern vor Freude weinen. Denn, denkt nur, gestern kam Georg ganz unerwartet hierher. Ich kann es Euch gar nicht sagen, was für eine Freude ich hatte.

Anfangs erschrak ich zwar nicht wenig, als ein großer, ansehnlicher Soldat mit einem Schnurrbart und einem fürchterlichen Säbel an der Seite in die Stube trat und auf mich zueilte. Ich schrie vor Schrecken laut auf. Er aber lachte und sagte: »Kennst du mich denn nicht mehr, liebe Schwester?« Da sah ich erst, dass es Georg sei, und war vor Freude fast außer mir. Das Herz klopfte mir nun vor Freude fast noch mehr als zuerst vor Schrecken.

Georg erkundigte sich nun vor allem recht angelegentlich nach Euch. Er lässt Euch tausendmal grüßen und Euch sagen, dass er sobald als möglich selbst kommen und Euch besuchen werde.

Meine Frau ließ eine Flasche Wein, Brot und drei Gläser bringen und sagte zu mir: »Die Ankunft deines Bruders muss gefeiert werden, und wir müssen auf seine Gesundheit trinken.«

Er setzte sich nun zu mir und meiner Frau an den Tisch und erzählte, wie es im Krieg ihm ergangen sei. Die merkwürdigste Begebenheit für uns, liebe Mutter, ist, dass er seinen vortrefflichen Herrn Hauptmann aus der Hand der Feinde und vom Tod errettet hat. Der gute Herr war verwundet und sein Pferd erschossen worden. Ein feindlicher Husar hatte schon den Säbel geschwungen, ihm den Kopf zu spalten. Georg kam eben noch im rechten Augenblick, hielt den

Hieb auf und schlug sich mit dem ergrimmten Husaren tüchtig herum. Mehrere feindliche Soldaten kamen herbei; aber auch Georgs Kameraden kamen auf seinen Ruf »Rettet unsern Hauptmann!« ihm zu Hilfe. Die Feinde wurden in die Flucht gejagt. Georg verband seinen Herrn, bis man den Feldscheer rufen konnte, brachte ihn mit Hilfe seiner Kameraden in eine Bauernhütte und verpflegte ihn auf das sorgfältigste. Der Herr wurde wieder hergestellt; die Wunde ist ganz geheilt und bringt ihm keinen weiteren Nachteil. Sie ist aber für ihn noch ein schöneres Ehrenzeichen als das Ordenszeichen, das seine Brust ziert.

Der Herr Hauptmann, der bei der Frau von Holm, seiner Tante, hier im Haus ist, sagte zu Georg: »Ich muss deine gute Schwester doch auch kennenlernen. Rufe sie!« Als ich hereintrat, sagte er: »Es freut mich, die Schwester des Mannes kennenzulernen, der mir das Leben gerettet hat. Ich werde mich gegen ihn gewiss dankbar beweisen und auch dir und deiner Mutter soviel Gutes tun als ich kann. Schreib' das deiner Mutter und grüße sie mir recht herzlich. Eine Mutter, die so gute Kinder erzogen hat, kann man nicht genug ehren.«

Heute früh reiste der Herr Hauptmann wieder ab, denn er eilt sehr, seinen Vater und seine Mutter, die beide noch am Leben sind, je eher je lieber wiederzusehen. Georg begleitete ihn und gab mir noch beim Abschied viele tausend Grüße an Euch auf.

Die Frau von Holm, die immer recht gnädig gegen mich war, ist jetzt noch viel freundlicher. Sie trat heute, als ich aus der Kirche kam, in unsere Stube und sagte zu mir: »Ich habe eben Gott gedankt, dass er mich meinen Karl wiedersehen ließ. Ich musste weinen vor Freude, als Karl mir erzählte, aus welcher großen Gefahr dein Bruder ihn errettet hat. Sieh«, sagte sie, »wieviel Gutes die roten Kreuzer gestiftet haben. Hättest du diese Kreuzer aus kindlicher Liebe nicht sogleich deiner Mutter geschickt, so wäre dein Bruder nicht Karls Bedienter geworden, und Karl wäre vielleicht nicht mehr am Leben. Gott hat auf dieses dein kindliches Geschenk einen großen Segen gelegt.«

»Das ist wohl wahr«, sagte die Kammerjungfer, die ihre Frau begleitete; »aber ich möchte doch nur wissen, wie die roten Kreuzer aus dem Brief herausgekommen und wie die Goldstücke dafür hineingekommen sind!«

Frau von Holm sagte: »Das möchte ich auch gerne wissen; allein nicht aus bloßer Neugierde, sondern um dem unbekannten Wohltäter, der das Gold in den Brief tat, zu danken. Wir wollen indes Gott danken, der durch Menschen den Menschen Gutes erweist! Gott wolle die edle Seele, die nur er kennt und durch die er uns so großes Heil widerfahren ließ, reichlich dafür segnen.«

Um das, liebste Mutter, wollen wir den lieben Gott täglich bitten. Ich werde aber Gott doch auch bitten, er wolle es an den Tag kommen lassen, wer uns für die Kupfermünzen Goldstücke gegeben und uns so viele Freude gemacht hat. Ihr habt die sechs Goldstücke recht gut verteilt, indem Ihr zwei für Euch verwendet, zwei dem Bruder geschickt und zwei für mich aufbewahrt habt. Ihr wünscht gewiss auch, so wie ich und der Bruder, die milde Hand zu küssen, durch die Gott uns so viel Gutes getan hat.

Lebt indes wohl! Ich verbleibe mit einem Herzen voll der kindlichsten Liebe

Eure gehorsame Tochter

Margareta.

Siebenter Brief

Georg an seine Mutter

Liebste Mutter!

Es ist mir sehr leid, dass mein herzlicher Wunsch, euch wiederzusehen, bisher noch nicht erfüllt worden. Ich hoffe aber, nun recht bald zu Euch zu kommen, und dann auf immer bei Euch zu bleiben.

Wirklich habe ich Euch recht viel Angenehmes zu schreiben. Denkt nur, es ist jetzt aufgekommen, wer anstatt der Kupferkreuzer die Goldstücke in den Brief der Schwester getan hat.

Gestern kamen wir, mein Herr und ich, wieder hierher zu der Frau von Holm. Wir vernahmen sogleich, dass der Herr Oberst unseres Regimentes sich hier bei einem seiner Verwandten befinde. Mein Herr eilte sogleich zu ihm. Der Herr Oberst machte ihm einen Gegenbesuch und wollte auch die Frau von Holm kennenlernen. Die

Frau lud ihn zum Essen ein. Er speiste da mit noch einigen Gästen. Ich musste bei Tisch aufwarten.

Die gnädige Frau erzählte während der Mahlzeit die Begebenheit mit den roten Kreuzern. Alle fragten begierig, ob das Geheimnis, wer das Gold in den Brief getan habe, noch nicht entdeckt sei.

Der Oberst, der gar ein heiterer, freundlicher Herr und auch sehr reich ist, lächelte und sagte: »Da kann ich dienen. Weil ich sehe, dass Ihnen soviel daran liegt, so muss ich schon mit der Sprache heraus.«

»Während des Krieges«, so erzählte er, »waren wir auf alle Briefe sehr aufmerksam. Wir wussten, dass sich Spione in unserem Land befanden, und dem Feind von allem, was ihm nützlich und uns nachteilig sein könnte, Nachricht gaben. Da wurde mir nun ein Paket Briefe gebracht, die teils an die Post, teils an Boten abgegeben worden. Ein Brief darunter hatte die Aufschrift: ›An meine liebe Mutter, verwitwete Drechslermeisterin, mit sechs Kreuzer beschwert.‹ Dies kam mir etwas seltsam vor. Was soll das sein? dachte ich. Das Porto kostet ja mehr als sechs Kreuzer; ich schöpfte Verdacht. Die Spione suchen oft ihre Nachrichten unter einfältigen Adressen weiterzubefördern und an ganz gemeine Leute zu adressieren, auf die man den wenigsten Verdacht haben könnte. Ich öffnete den Brief. Je, dachte ich, den seligen Dreher Ost habe ich ja gekannt! Er war aus meiner Herrschaft gebürtig und ein sehr guter Mann. Er hat mir zu meinen Tabakspfeifen manches schöne Rohr gedreht. Gott habe ihn selig!«

»Der kindliche Brief der Tochter an die Mutter rührte mich innig. Ich hatte tags zuvor eine Rolle Goldes erhalten, das mir eben nicht nötig war, nahm die Kreuzer aus dem Brief heraus und legte dafür die Goldstücke in den Brief. Nun, Gott sei Dank, dass dieser augenblickliche Einfall unter Gottes Leitung so viele freudige Begebenheiten veranlasst hat.«

»Ich dachte«, sagte der Oberst, »es werde bei Tisch wohl von den roten Kreuzern die Rede sein. Ich habe die sechs Kreuzer zum Andenken aufbewahrt und bringe sie hier mit, um sie an die beteiligten Personen auszuteilen. Denn da Gott diese roten Kreuzer so gesegnet hat, so wird jedem aus uns ein solcher roter Kreuzer lieber sein als ein Goldstück.« Er gab einen davon der Frau von Holm und einen dem Herrn Hauptmann. »Und einen«, sagte er, »behalte ich für mich.« Die übrigen drei legte er neben seinen Teller. »Diese«, sagte er, »sind für Georg, seine Mutter und seine Schwester bestimmt.«

Die Frau von Holm sprach, indem sie den Kreuzer zwischen den Fingern hielt und betrachtete: »Dieser rote Kreuzer, an den sich so teure Erinnerungen knüpfen, indem er durch Gottes Leitung die Veranlassung gab, dass meinem Neffen das Leben gerettet wurde, soll mir ein so teures Andenken sein als eine goldene Denkmünze.«

Mein Herr sagte: »Meine Eltern sind auf meine Bitte darauf bedacht, sich meinem Georg erkenntlich zu bezeigen und seiner Mutter unter die Arme zu greifen. Das Haus der guten Witwe ist wegen des zu frühen Todes ihres Mannes und wegen verschiedener Unglücksfälle überschuldet. Georg hat wenig Hoffnung, das Haus schuldenfrei zu machen und sich darauf zu setzen. Wir haben daher, da ich dem Sohn so vieles zu danken habe, uns vorgenommen, ihn mit einer Summe Geldes zu unterstützen.«

»Nun«, sagte der Herr Oberst, »dazu werde ich mit Freuden beitragen.«

Nach Tisch, als die übrigen Gäste sich entfernt hatten, ließ der Herr Oberst mich rufen und beriet sich mit Frau von Holm und meinem Herrn über unsere Angelegenheiten. Es wurde von ihnen beschlossen, die unverschuldeten Schulden des seligen Vaters zu bezahlen und mich so zu stellen, dass ich mein Gewerbe sorgenfrei und mit Nutzen betreiben könne. Der Herr Oberst versicherte, er werde, da es jetzt Frieden ist, meine Entlassung aus dem Kriegsdienst bewirken, damit ich alsdann sogleich das Haus mit der Werkstätte übernehmen könne. In weniger als einem Monat wird alles berichtigt sein.

Hierauf befahl mir der Herr Oberst, meine Schwester heraufzuführen. Er grüßte sie sehr freundlich, lobte sie, gab ihr die drei roten Kreuzer und sagte: »Teile sie mit deiner Mutter und deinem Bruder, und sei immer eine so gute Tochter und Schwester wie bisher. Euch beiden Kindern sollen diese Kreuzer ein Andenken sein und euch sagen: Gott belohnt die kindliche Liebe. Eure Mutter aber wird, so oft sie ihren Kreuzer ansieht, sich freuen, dass sie euch Kinder so gut erzogen hat.«

Nun, liebste Mutter, wollen wir Gott danken, der uns aus allen Nöten und Trübsalen so gnädig errettet hat. Bald werde ich zu Euch kommen! Und da Ihr wegen Eures Alters die Hausgeschäfte nicht mehr wohl besorgen könnt, so werde ich meine liebe Schwester mitbringen. Wir drei wollen dann in Liebe und Eintracht ein recht glückliches Leben führen.

Wir, ich und Margareta, Eure liebevollen Kindern, können Gott nicht genug danken, dass er uns dazu hilft, euch ein fröhliches Alter zu bereiten.

Ich und Margareta, die diesen Brief mitunterzeichnet, sind mit gleicher kindlicher Liebe

Eure ewig dankbaren Kinder

Georg und Margareta.

Erzählungen der Frühromantik

Erzählungen der Frühromantik

1799 schreibt Novalis seinen Heinrich von Ofterdingen und schafft mit der blauen Blume, nach der der Jüngling sich sehnt, das Symbol einer der wirkungsmächtigsten Epochen unseres Kulturkreises. Ricarda Huch wird dazu viel später bemerken: »Die blaue Blume ist aber das, was jeder sucht, ohne es selbst zu wissen, nenne man es nun Gott, Ewigkeit oder Liebe.«

Tieck Peter Lebrecht **Günderrode** Geschichte eines Braminen **Novalis** Heinrich von Ofterdingen **Schlegel** Lucinde **Jean Paul** Des Luftschiffers Giannozzo Seebuch **Novalis** Die Lehrlinge zu Sais
ISBN 978-3-8430-1878-4, 416 Seiten, 29,80 €

Erzählungen der Hochromantik

Erzählungen der Hochromantik

Zwischen 1804 und 1815 ist Heidelberg das intellektuelle Zentrum einer Bewegung, die sich von dort aus in der Welt verbreitet. Individuelles Erleben von Idylle und Harmonie, die Innerlichkeit der Seele sind die zentralen Themen der Hochromantik als Gegenbewegung zur von der Antike inspirierten Klassik und der vernunftgetriebenen Aufklärung.

Chamisso Adelberts Fabel **Jean Paul** Des Feldpredigers Schmelzle Reise nach Flätz **Brentano** Aus der Chronika eines fahrenden Schülers **Motte Fouqué** Undine **Arnim** Isabella von Ägypten **Chamisso** Peter Schlemihls wundersame Geschichte **Hoffmann** Der Sandmann **Hoffmann** Der goldne Topf
ISBN 978-3-8430-1879-1, 408 Seiten, 29,80 €

Erzählungen der Spätromantik

Erzählungen der Spätromantik

Im nach dem Wiener Kongress neugeordneten Europa entsteht seit 1815 große Literatur der Sehnsucht und der Melancholie. Die Schattenseiten der menschlichen Seele, Leidenschaft und die Hinwendung zum Religiösen sind die Themen der Spätromantik.

Brentano Die drei Nüsse **Brentano** Geschichte vom braven Kasperl und dem schönen Annerl **Hoffmann** Das steinerne Herz **Eichendorff** Das Marmorbild **Arnim** Die Majoratsherren **Hoffmann** Das Fräulein von Scuderi **Tieck** Die Gemälde **Hauff** Phantasien im Bremer Ratskeller **Hauff** Jud Süss **Eichendorff** Viel Lärmen um Nichts **Eichendorff** Die Glücksritter
ISBN 978-3-8430-1880-7, 440 Seiten, 29,80 €